D1231057

Nous remercions le ministère du Patrimoine canadien,
la SODEC et le Conseil des Arts du Canada
de l'aide accordée à notre programme de publication

  Patrimoine Canadian
canadien Heritage

  Conseil des Arts Canada Council
du Canada for the Arts

ainsi que le gouvernement du Québec
– Programme de crédit d'impôt
pour l'édition de livres
– Gestion SODEC.

Nous reconnaissons l'aide financière
du gouvernement du Canada
par l'entremise du Programme d'aide au développement
de l'industrie de l'édition (PADIÉ) pour ce projet.

Collection fondée et dirigée par :
Geneviève Mativat

Illustration de la couverture :
Gérard Frischeteau

Conception de la maquette et montage de la couverture :
Ariane Baril

Recherchiste :
Nadège Broustau

Édition électronique :
Infographie DN

Dépôt légal : 2e trimestre 2009
Bibliothèque nationale du Canada
Bibliothèque nationale du Québec

1234567890 IML 09

Le naufrage
d'un héros

DE LA MÊME AUTEURE
AUX ÉDITIONS PIERRE TISSEYRE

Collection Chacal, série Biocrimes
Le chien du docteur Chenevert, 2003.
Clone à risque, 2004.
Anthrax connection, 2006.

Collection Sésame
Les saisons d'Émilie, 2004.
Les gros rots de Vincent, 2005.

Collection Ethnos
Tempête sur la Caniapiscau, 2006.

Chez d'autres éditeurs
L'atlas mystérieux, Soulières, 2004.
L'atlas perdu, Soulières, 2004.
L'atlas détraqué, Soulières, 2005.
L'atlas à la dérive, Soulières, 2008.
La tisserande du ciel, Isatis, 2005.
Mes parents sont gentils, mais tellement maladroits,
    Foulire, 2007.

Catalogage avant publication
de Bibliothèque et Archives nationales du Québec
et Bibliothèque et Archives Canada

Bergeron, Diane, 1964-

     Le naufrage d'un héros

     (Collection Ethnos ; 8. Roman)
     Pour les jeunes de 12 ans et plus.

     ISBN 978-2-89633-021-8

     I. Frischeteau, Gérard, 1943- . II. Titre.
     III. Collection : Collection Ethnos (Éditions Pierre
     Tisseyre) ; 8.

PS8553.E674N38 2009   jC843'.6   C2008-942020-9
PS9553.E674N38 2009

Le naufrage d'un héros

Diane Bergeron

roman

ÉDITIONS
PIERRE TISSEYRE
www.tisseyre.ca

9300, boul. Henri-Bourassa Ouest, bureau 220
Saint-Laurent (Québec) H4S 1L5
Téléphone : 514-335-0777 – Télécopieur : 514-335-6723
Courriel : info@edtisseyre.ca

À Alain, mon amoureux,
qui vit avec moi tous les instants
de ma passion pour l'écriture.

Remerciements à Geneviève Mativat,
pour ses révisions éditoriales perspicaces
et rigoureuses ;
à la D^{re} Nadège Brousteau,
pour son aide tant appréciée
sur ce sujet que nous partageons
avec plaisir,
et à François et Marie-Claude,
pour leur amitié si précieuse.

*La mer est aussi profonde
dans le calme que dans la tempête.*

(John DONNE, dans *Sermons*)

*[Cuba] Le seul pays d'Amérique latine
où les enfants sont choyés
au lieu d'être tirés comme des lapins.
Où les médecins sont plus
nombreux que les malades,
et où il y a plus d'analphabètes
parmi les touristes
que parmi les Cubains.*

(Georges WOLINSKI,
dans *Monsieur Paul à Cuba*)

Avant-Propos

Le naufrage d'un héros est une fiction bâtie sur une trame historique réelle, celle du naufrage du jeune Elián González, 5 ans, près des côtes de la Floride et de la saga judiciaire qui s'ensuivit pour la garde de l'enfant. Entre novembre 1999 et juin 2000, cette histoire a fait les manchettes américaines et cubaines et a secoué l'opinion publique mondiale. Dans *Le naufrage d'un héros*, les noms des protagonistes et des lieux ont été changés, et ce roman demeure une fiction. Les actions et les réflexions que je prête à mes personnages ne pourraient être retenues pour juger des actions ou des intentions de personnes réelles. Ceux que le sujet intéresse trouveront, à la fin du présent volume, un résumé des événements tels qu'ils se sont déroulés dans la réalité.

Prologue

La nuit a été terrible. Le cauchemar est revenu hanter Lucas à trois reprises cette semaine. Trois fois, les vagues l'ont renversé. Trois fois, il a repris place sur la bouée. Trois fois, la main est réapparue, de plus en plus lointaine, s'agitant de plus en plus faiblement. Et lui a hurlé, hurlé, jusqu'à ce que l'eau engloutisse la main et qu'il n'y ait plus, à la surface, qu'un bouillonnement aussitôt ravalé par la mer noire, par cette ennemie cruelle qui n'a jamais recraché sa mère. Luella était si belle avec ses longs cheveux foncés et ses grands yeux mélancoliques. Des yeux qui avaient voulu voir plus loin que les plages ensoleillées de son île, que les rues poussiéreuses de Banderas. Des yeux qui, désormais, ne brillaient que pour les poissons du détroit de Floride.

Il a demandé à son père pourquoi il faisait sans cesse ce cauchemar. Pourquoi maintenant ? Carlos lui a dit que c'était parce qu'il grandissait et que son cerveau était en pleine ébullition. L'adolescence. Il n'y avait rien à comprendre. Alicia, sa belle-mère, n'en savait rien. Ou plutôt était-ce parce que ce sujet était tabou, englouti sous des mètres d'eau et que c'était mieux ainsi ? Mais les yeux d'Alicia étaient remplis de tristesse, de pitié aussi, pour un chagrin qu'elle ni aucune autre mère ne pourrait jamais consoler.

Comme toutes les fois où le visage de Luella revenait hanter ses nuits, Lucas retourna le cadre qui se trouvait sur sa table de chevet. Derrière la photo de sa mère, prise quelques jours avant le naufrage, il avait collé le message qu'elle lui avait écrit : *Petit garçon deviendra grand, petit rêve grandira aussi. Ta maman qui t'aime, Luella.*

Le rêve n'avait pas grandi. Le garçon, oui. Étrangement lié à cette île que sa mère avait voulu lui faire quitter, un soir de novembre 1999, alors qu'il n'avait pas encore six ans.

1

Ce sont toujours
les meilleurs qui partent

Lucas attend son ami Manuel avec impatience, en bottant son ballon de foot. Ballon presque neuf, donné deux ans plus tôt par le *Comandante*[1], lors de son douzième anniversaire. En repensant à l'événement, l'adolescent sent la rage refluer dans son ventre et il botte furieusement le ballon contre le mur de roches érigé en haut de la plage. Son anniversaire… Tous les élèves de l'école, le Président en personne, les cadeaux, le gâteau énorme. La joie qui l'avait envahi avant de sentir les regards braqués sur lui. Ses camarades de classe étonnés, envieux, puis froids. D'une froideur qui durait encore. Seul Manuel ne l'avait pas mis à l'écart.

---

1. Fidel Castro, premier dirigeant de Cuba entre 1959 et 2008, nommé *El Comandante* ou simplement Fidel, par les Cubains.

Lucas croise le regard de deux hommes qui l'observent à l'ombre d'un boqueteau de palmiers. L'un d'eux fait un signe de la main vers l'adolescent qui l'ignore avec dédain. Les deux hommes le guettent constamment, parfois en alternance, parfois ensemble, comme aujourd'hui. Leurs pistolets sont discrètement portés à la ceinture, au contraire des agents de la police révolutionnaire qui maintiennent l'ordre aux intersections des grandes artères. Ceux-là sont impressionnants avec leurs kalachnikovs, le pistolet-mitrailleur de construction soviétique qu'ils exhibent fièrement en tant que dépositaires du pouvoir et de l'ordre.

Enrique et Leandro ont été mis «au service de la famille Rodriguez» dès le retour de Lucas de Miami. À l'époque, on avait menacé de l'enlever avec son demi-frère. Puis, d'autres menaces avaient été proférées au printemps dernier, après que Lucas eût pris part à une allocution télévisée en l'honneur du 80ᵉ anniversaire de naissance du Président. Celui-ci n'avait pas couru de risque et avait aussitôt imposé à son protégé cette surveillance que l'adolescent trouvait bien inutile, sinon exaspérante.

Lucas est un symbole, un héros de l'histoire cubaine. Mais, les années passant, ce titre pèse toujours plus sur ses épaules. Il voudrait tant être comme tous les jeunes de Banderas. Invisible. Anonyme. Ne pas avoir ces deux ombres qui le regardent jouer, marcher, respirer. Il se souvient qu'étant plus jeune, il s'amusait à la cachette avec ses gardiens. Et comme il était plutôt doué à ce jeu, il réussissait à passer plusieurs heures sans le poids de leur vigilance assidue. Jusqu'à ce que le *Comandante* lui rappelle, d'un ton paternel, mais avec un regard autoritaire impossible à ignorer, que ses gardes étaient là pour assurer sa tranquillité, pour éviter que les touristes ne l'importunent ou que les journalistes le harcèlent.

— Lucas, Lucas, tu ne veux pas revivre cela, j'imagine?

L'évocation des journalistes avait suffi à freiner chez le gamin toute tentation de fugue. Lucas détestait les journalistes, leurs caméras et leurs questions indiscrètes. Sans oublier la sensation oppressante de l'air qui manque autour de lui, de la vague qui le submerge au milieu d'une foule hystérique. Il n'avait plus jamais joué à la cachette avec ses gardes. Il les ignorait, tout simplement.

— *¡Hola Lucas, qué tal[2]!*

— Enfin, te voilà. Qu'est-ce que tu faisais?

---

2. Salut Lucas, comment ça va?

Sans attendre qu'il descende de son vélo, Lucas assène une grande tape amicale dans le dos de son copain. Manuel se dégage en grimaçant.

— Doucement, vieux !

— As-tu fait une nouvelle crise ? s'inquiète Lucas, en scrutant anxieusement le visage empourpré et humide de transpiration de son ami.

— Ça va aller, t'inquiète pas.

Manuel réagit aussi aux changements de l'adolescence. Bien qu'il n'ait pas encore grandi autant que Lucas, ses crises d'asthme ont augmenté en nombre et en intensité. Mais Lucas voit bien que ce n'est pas seulement cela qui énerve son ami. Fidèle à son habitude, il ne pose jamais les premières questions. Il sait attendre. Il fixe en silence la ligne de brisant où les vagues déferlent, en laissant couler le sable blanc entre ses doigts. Un minuscule crabe presque translucide sort de son trou et court se jeter dans l'écume bouillonnante. Lucas soupire. Il n'aime pas l'eau. Non, plutôt, il la déteste. Mais il s'oblige à la regarder, parfois jusqu'à ce que ses yeux lui fassent mal. Comme s'il espérait que quelque chose en jaillisse. Peut-être une sirène aux longs cheveux noirs emmêlés d'algues…

Dans la baie de Banderas, Lucas a donné rendez-vous à Manuel sur la grande pointe de sable qui s'étire à l'est du port. Passé la marina, quelques barques sont protégées des vents du large par une avancée rocheuse. L'endroit est désert en cette fin d'après-midi de novembre. Les touristes s'aventurent rarement sur cette plage. Toutefois leurs déchets, apportés par la marée, jonchent parfois le bord de mer, attirant des goélands plus gros que les dindes du restaurant où le père de Lucas travaille.

L'adolescent jette un regard en coin vers Manuel, qui reprend lentement son teint cuivré. Son ami regarde aussi les goélands et se passe spontanément la langue sur les lèvres. *Si, au moins, on pouvait les manger, ces goélands*, pense Lucas, *je me ferais un plaisir d'en chasser quelques-uns pour mon copain.*

— Tu as faim? demande-t-il.

— Non, pas vraiment.

Ce *non* signifie presque toujours *oui*, mais Manuel ne s'en plaint pas. Il porte sa faim comme une deuxième peau. Le père de Manuel possède bien une terre et une petite ferme, mais il ne profite jamais des dollars des touristes qui permettent de se procurer des marchandises rares dans certains marchés. Si son maigre salaire en pesos et la *libreta*[3]

_____

3. Livret d'approvisionnement qui permet aux Cubains de recevoir un certain nombre de produits essentiels très bon marché, mais en faible quantité.

suffisent à nourrir toute sa famille, ils n'autorisent pas d'extras.

— On va voir si on trouve quelque chose ?

Cette chose est parfois une sandale, un ballon de plage crevé ou encore, avec de la chance, un pneu, un bidon avec un restant d'essence, une casquette pas trop délavée… Bref, des petits objets qui valent leur pesant d'or à Cuba, où tout est recyclé et réutilisé cent fois plutôt qu'une. En effet, tout manque dans cette île soumise au blocus américain[4] et à une situation économique et politique défavorable. Un jour, Manuel avait trouvé une trousse de cosmétiques qui avait peu séjourné dans l'eau. Et oh miracle ! elle contenait du dentifrice, du shampoing et, surtout, une pleine bouteille d'analgésiques encore intacte.

— On m'envoie à Papamosca, près de Trinidad, prononce lentement Manuel. Pour un projet d'école agricole. Je ne reviendrai pas avant un an, peut-être plus.

— Quoi ? sursaute Lucas qui reçoit la nouvelle comme un coup à l'estomac.

Certes, tous les jeunes Cubains doivent participer à de fréquents stages en milieu agricole qui font partie de leur apprentissage. Il

---

4. Sanctions économiques exercées par les États-Unis sur Cuba visant à restreindre ou à empêcher toute relation commerciale avec l'étranger.

peut s'agir de deux semaines passées à cueillir les pommes de terre au printemps, d'un mois d'été à travailler dans des plantations de canne à sucre ou de tabac, ou à entretenir le jardin ou les champs adjacents à la plupart des écoles. Pour les jeunes citadins, le choc est souvent grand et le déplacement plus important. Mais pourquoi avaient-ils décidé d'envoyer Manuel aussi loin et pour aussi longtemps, lui qui était plus utile sur la ferme de son père que n'importe où ailleurs?

— Je pars la semaine prochaine.

— Comment? laisse échapper Lucas, consterné. Pourquoi toi?

— Oh! je ne suis pas le seul. Nous sommes dix dans la classe. Diego, Maria, Miguel, Sara et d'autres…

— Bien alors, je devrais en être, moi aussi!

Manuel le regarde, cachant mal son étonnement, ou peut-être son amertume. Pour lui, c'est l'évidence même. Lucas est Lucas. Le héros national, l'enfant privilégié entre tous. Son père a un bon emploi dans le tourisme, il est membre du Parti communiste, il a même été élu à l'Assemblée nationale où il occupe un poste sans grandes responsabilités, mais un poste quand même. Mais cela, Manuel ne le dirait pas à Lucas, son meilleur ami, qui n'a jamais profité de sa situation ni montré de mépris pour personne. Il aurait bien pu : il était Lucas Rodriguez.

— Mais pour ton asthme, que vas-tu faire ? reprend l'adolescent.

— Tu me fais penser à ma mère, rigole Manuel. Il y a des médecins là-bas. Et des médicaments…

— On va te demander de travailler dehors, en plein soleil, dans la poussière et la chaleur… Tu ne peux rien faire pour y échapper ?

— Pourquoi y échapper, Lucas ? C'est mon devoir. Mon devoir de patriote. J'ai l'honneur d'avoir été choisi. Imagine : c'est un projet de coopération internationale avec le gouvernement français. Je vais rencontrer une foule de gens intéressants et aussi apprendre la langue française. Et peut-être que, plus tard, j'aurai un emploi dans le tourisme. Merci de te préoccuper de ma santé, mais il n'est pas question que je rate ça !

Lucas secoue la tête en silence. Il n'accepterait pas un tel travail de forcené, ou sinon, avec beaucoup de réticences.

— Voyons, *amigo*! ne t'en fais pas pour moi. On m'offre de joindre les Jeunesses Communistes même si je n'ai pas encore quinze ans. Tu comprends ce que cela signifie : je vais devenir quelqu'un, Lucas. J'aurai, moi aussi, ma place au soleil.

Sur le chemin du retour vers Banderas, la lumière du jour décline et dessine de grandes ombres derrière les deux adolescents. Lucas ne dit rien, laissant Manuel essouffler son monologue sur les beautés de la province de Sancti Spiritus, sur la ville de Trinidad, où les touristes et les dollars abondent, et sur la ferme-école dans laquelle il emménagera sous peu. Lucas le quitte bientôt, après un tiède salut de la main, pour traverser la *calle Primera*[5], suivi de près par ses gardes du corps. Après avoir rangé son vélo, il va s'asseoir dans la cour intérieure où ses deux demi-frères s'amusent. Aussitôt, les garçons se jettent sur lui et le bombardent de coups de poing. Mais Lucas les repousse sèchement, l'esprit ailleurs. Inquiet, son père vient le rejoindre et envoie les enfants jouer à l'intérieur.

— Ça ne va pas?

— Manuel est expédié à Trinidad, dans une école de production agricole en construction. Il va y travailler un an, peut-être plus.

— C'est bien! Il apprendra beaucoup là-bas. Quand il reviendra, il pourra donner un sérieux coup de main à son père.

---

5. Première rue, rue principale.

— Non, ce n'est pas bien! proteste l'adolescent. Ils sont dix de ma classe à partir. Pourquoi pas moi?

— Tu veux partir?

— Je ne sais pas… non, mais je veux savoir pourquoi je n'ai pas été choisi. Et pourquoi Manuel y va, lui.

— C'est parce que tu es un bon garçon… et que je travaille très fort pour que ta vie soit agréable. Tu es chanceux, tu sais.

— Je ne veux pas être chanceux! explose Lucas. J'en ai assez de me faire regarder de travers, d'entendre: «Ah oui! bien sûr, c'est Lucas!» Je ne veux plus être assis dans la première rangée pendant les parades de l'armée, je ne veux plus recevoir de cadeaux du Président ni qu'il organise une grande fête en mon honneur dans mon école, et je ne veux plus de gardes du corps qui me disent où je dois aller et quand je peux respirer. Je veux être comme tout le monde, papa! C'est tout!

Pour toute réponse, Carlos serre son fils frémissant de colère contre lui en regardant le ciel où s'éteignent les derniers reflets du soleil couchant. Silencieusement, il interpelle les cieux: *Luella, vois ce que tu as fait à ton fils. Aide-nous, maintenant.*

2

L'étrangère

Depuis le départ de Manuel, Lucas erre dans les rues de Banderas. La ville lui semble étrangement vide, comme si la vingtaine de jeunes de son école partis réaliser le projet Papamosca avaient emporté la vie avec eux. Comme dans les films western, il peut presque imaginer les boules d'épines traverser la rue principale, poussées par un vent qui fait tourbillonner la poussière. Tout semble s'être arrêté, plus rien ne bouge sauf des calèches tirées par des ânes décharnés et somnolents et qui transportent les provisions au marché local. Les quelques automobiles en état de rouler sont toutes parties tôt ce matin, pétaradant dans la ville encore endormie. Elles ont emmené leur chargement d'employés qui travaillent dans les hôtels de Varadero, à trente minutes de route de là.

Mais aujourd'hui, une présence étrangère vient briser ce tableau du Far West américain. C'est une femme, dans la trentaine, aux longs cheveux noirs et au teint presque aussi cuivré que celui de Manuel. Elle n'est pas cubaine, Lucas pourrait le jurer juste à sa façon de marcher, plus nerveuse, moins dansante que celle des habitants de l'île. Une touriste, alors ? Non, elle n'a pas d'appareil photo et n'arbore pas les cartes routières si chères aux vacanciers. Caché dans l'encoignure d'un édifice, l'adolescent l'observe pendant qu'elle aborde les passants. Il n'entend pas les propos qu'elle échange avec ces derniers, mais aux hochements vigoureux de leurs têtes et aux regards méfiants qu'ils portent autour d'eux, il sait qu'elle ne demande pas seulement son chemin ou la direction d'un attrait touristique quelconque.

Lucas sort de sa cachette. Il hésite, revient sur ses pas. Il ne sait pourquoi, quelque chose l'attire chez cette femme. Depuis que Manuel est parti, il a de plus en plus souvent le goût de changer de peau, de ne plus être le Lucas que tout le monde connaît, l'éternel petit garçon souriant, le gentil, l'obéissant Lucas. Or, cette étrangère ne le connaît pas. Elle serait la première à qui il s'adresserait de son propre chef, parce que justement, on lui a toujours dit de ne pas parler à des étrangers.

Dans sa situation, les inconnus sont dangereux, car ils peuvent poser des questions et remuer le passé. Comme si son passé était tellement honteux...

Pourtant, dès que Lucas sent le regard de la dame s'arrêter sur lui, il recule dans l'ombre, se maudissant pour sa timidité et pour la présence de ses deux cerbères qui le pilotent gentiment, mais avec fermeté, vers une rue moins achalandée.

Si Lucas avait pu lire le désarroi sur le visage de l'étrangère, il aurait compris qu'elle avait reconnu en lui le jeune homme qu'elle cherchait et qui disparaissait de nouveau...

Lucas enfourche son vélo et, poussant avec fureur sur ses pédales, il laisse loin derrière ses gardes pour se diriger vers la mangrove. L'adolescent ne fréquente plus la plage où il avait l'habitude de retrouver Manuel. Un peu par défi. Par rancune, aussi. Il en veut à Manuel d'être parti sans le moindre regret, avec, dans ses yeux noirs, un empressement difficile à supporter. Lucas n'en a pas mangé pendant deux jours. Il ne peut imaginer que Manuel ne soit pas aussi malheureux que lui de cette séparation.

Comme il n'a plus à ménager son copain, chez qui la moindre promenade en vélo pouvait déclencher une crise d'asthme, il roule maintenant plus vers l'est, là où la forêt de palétuviers étale ses racines enchevêtrées. Dans la touffeur verte, au milieu des cris d'oiseaux et des coassements de grenouilles, Lucas a l'étrange impression d'être quelqu'un de nouveau. Un Robinson Crusoé, perdu sur une île déserte. Seul au monde… L'illusion est presque réussie, si Lucas fait abstraction de la présence de ses gardes du corps qui se sont installés plus loin, certes, mais à portée de vue. L'odeur des *cigarillos* qu'ils fument en discutant à voix basse filtre au travers de la végétation.

Couché sur un tronc d'arbre incliné, les mains touchant l'eau qui monte et descend au gré des respirations de la mer, Lucas observe la joute qui se déroule dans l'eau peu profonde. Une joute où l'équation est simple : le petit se fait manger par le plus gros et le gros trouve toujours plus gros pour le manger. Mais le petit peut développer des ruses pour prolonger ses jours, avec l'espoir de devenir assez fort ou assez malin pour ne pas être mangé. Il peut, par exemple, trouver le moyen de se rendre indispensable, comme les poissons qui dévorent les parasites de leur hôte. La vie est un peu semblable. Selon Lucas, Manuel vient de se faire avaler. Il n'a pas su se défendre ni inventer des ruses. Lui, Lucas, à cause de cette affaire qui s'est passée huit ans plus tôt, est devenu un indispensable.

C'est ce qu'un de ses professeurs lui a expliqué, à mots couverts. Le Président a besoin de son héros national, symbole vivant du triomphe cubain sur l'impérialisme américain. Mais tout cela s'est produit il y a si longtemps que Lucas ne peut s'en remémorer que des bribes. Il n'a pas le goût de jouer le héros mythique et figé, comme la statue qu'on a faite de lui, en bronze et en plastique, et qui s'empoussière dans une salle du musée de la Lutte pour la Liberté, à Banderas. D'ailleurs, il ne l'a vue qu'une fois : petit garçon de six ans levant haut le poing en signe de victoire.

Le lendemain après l'école, Lucas reprend la direction du centre-ville. Il a espoir de revoir la dame, même s'il ignore ce qu'il pourrait lui dire. Il n'a pas cessé de penser à elle, lui inventant un passé ténébreux, lui donnant les raisons les plus invraisemblables d'être à Banderas : une espionne remontant la filière des bijoux volés à la princesse d'Arabie, une riche héritière sur les traces de son fils échangé à la naissance, une cinéaste cherchant l'acteur pour doubler Harry Potter dans les cascades du 7e tome de ses aventures…

La dame n'est pas là et tous les scénarios s'effondrent comme un château de cartes. *C'est une touriste, tout simplement*, pense Lucas, avec amertume. *Une parmi tant d'autres.* Il pédale jusqu'à la mangrove, convaincu que jamais plus il n'aura envie d'approcher une étrangère...

Couché sur sa branche préférée, il fixe la voûte de verdure, attentif au jeu des taches de lumière. Un mouvement dans l'eau attire soudain son attention. Il jette un œil rapide vers ses gardes qui lui tournent le dos. Lucas retient sa respiration. Quelqu'un approche en nageant sous l'onde, l'extrémité d'un tuba affleurant à la surface. Bientôt, le nageur émerge à quelques mètres de l'arbre sur lequel Lucas est couché. C'est une femme, le visage voilé par de longs cheveux noirs emmêlés.

— *¡Hola!* dit-elle dans un espagnol teinté d'un léger accent, tout en replaçant quelques mèches de ses cheveux. Désolée de vous déranger...

Voyant que l'adolescent ne réagit pas, elle enlève son masque de plongée et demande :

— *¿Habla español? Do you speak english?* Parlez-vous français ?

Le cœur de Lucas fait un bond lorsqu'il reconnaît l'étrangère de Banderas. Le garçon lui fait signe de baisser la voix.

— *¡Si, hablo español!* chuchote-t-il. Vous êtes une touriste ?

— Oui et non…

Elle examine Lucas un moment.

— Se serait-on déjà vus, hier, au centre-ville de Banderas ?

— Euh… non, ment Lucas en détournant les yeux, assuré d'être aussi rouge qu'une langouste grillée. Que faites-vous ici ?

— Je suis en voyage d'exploration pour mes élèves. J'enseigne l'espagnol, au Québec. Mes élèves avaient un travail de recherche à faire sur Cuba et sur un de leurs héros préférés.

Cette fois, Lucas réagit.

— Lequel ? José Martí, Antonio Maceo, Che Guevara, Fidel Castro ?

— Non ! Aucun de mes élèves n'a choisi ces hommes, même s'ils ont beaucoup de mérite ! Ils ont préféré…

De la bordure des arbres, un des gardes s'adresse à Lucas :

— Hé ! *muchacho*[6], tu viens ? Il vaut mieux ne pas rentrer après le coucher du soleil, sinon ton père va s'inquiéter.

— J'arrive ! lance Lucas.

Puis, il se tourne vers la femme qui est restée dans l'eau et murmure :

6. Gamin, garçon.

— Demain, c'est samedi. S'il fait beau, je serai ici de bonne heure le matin. On pourrait continuer notre discussion.

— Pourquoi *s'il fait beau?*

Lucas sourit.

— Ici, quand il pleut, ça n'a aucun intérêt.

— D'accord, *s'il fait beau*, je viendrai. Oh! j'oubliais : mon nom est Louisa, mais tout le monde m'appelle Lou.

Lucas fige de stupeur en entendant le surnom. Le même que celui de sa mère. Il regarde la silhouette se déplacer dans l'eau peu profonde et disparaître derrière les branches immergées des palétuviers. Lou, comme la sirène de ses rêves, comme le vide qui a pris place, quelque part entre son sternum et son cœur, et que rien n'a pu combler, malgré tout l'amour de son père et la tendre affection de sa belle-mère.

Le lendemain, la pluie liquéfie la lumière du jour et délave toutes les couleurs de la ville. Une brume épaisse et odorante se dégage de la terre, s'infiltrant dans les maisons ouvertes, humidifiant la table, le pain du déjeuner et le journal dont l'encre colle aux doigts. Lucas, qui d'habitude aime bien la pluie parce qu'il lui est alors permis de rester plus longtemps au lit, tourne en rond dans la maison. Alicia le sermonne tout doucement, lui suggérant de faire de la lecture, de répéter ses katas de karaté ou de regarder la télévision, mais rien n'y fait. Exaspérée, elle l'envoie rejoindre ses jeunes frères.

— Allez jouer dehors, salissez-vous, mais ne rentrez pas avant midi !

À contrecœur, Lucas enfile ses bottes de caoutchouc et ramasse le vieux ballon de foot. Les gamins le bousculent en l'entraînant dehors, trop heureux d'avoir leur grand frère juste pour eux, lui qui, depuis quelque temps, s'éclipse toujours loin de la maison. L'adolescent regarde le ciel bouché jusqu'à l'horizon, soupire et botte rudement le ballon. Ce n'est pas aujourd'hui qu'il pourra revoir Louisa, la mystérieuse dame qui a hanté sa nuit.

Le lendemain, Lucas jaillit de son lit au premier rayon de soleil pénétrant dans sa chambre. Il déplace légèrement le store et regarde le ciel : bleu couleur de liberté. En vitesse, il enfile ses shorts, son plus beau t-shirt et ses sandales de cuir. Il se précipite à la cuisine, encore plongée dans l'obscurité, ouvre le réfrigérateur et prépare deux sand-wiches. Il ajoute quelques carottes, des tranches d'ananas et une bouteille de soda, qu'il dépose dans son sac à dos. La main sur la poignée de la porte, il entend Alicia se lever.

— Déjà debout, mon grand? dit-elle dans un bâillement.

Puis voyant le sac à dos, elle ajoute:

— Tu pars si tôt? N'oublie pas de prévenir Enrique ou Leandro.

Ses baby-sitters… Comme si Lucas était assez fou pour fermer lui-même la porte de sa cage. De toute façon, qu'il les avertisse ou non, ses deux anges gardiens vont le retrouver, comme ils le font toujours. En attendant, Lucas espère obtenir quelques minutes seul à seul avec la dame… si elle revient à la lagune.

— Oui, c'est ça. Ne m'attends pas avant la fin de l'après-midi.

— Tu n'as pas de devoirs à faire pour demain?

— Non, Alicia. Salut!

Alicia sourit, heureuse et surprise de retrouver un peu de fougue dans son beau-fils. Elle sait combien il a souffert du départ de Manuel, son meilleur ami, et combien cette récente rupture a fait écho à celle plus vive ayant séparé Lucas de sa mère et de sa famille d'accueil, à Miami. À l'époque, Lucas s'en était remis sans l'aide de psychologues, juste avec beaucoup d'amour et de stabilité. Alicia se souvient même qu'il avait été, pendant quelques années, un enfant docile, souriant, attentionné pour ses demi-frères et pour elle. Il est vrai que Lucas s'était alors rapproché de son père. Malgré tout, il y avait parfois tant de vide dans les yeux de l'adolescent, tant de retenue dans ses élans de tendresse, tant d'amertume lorsqu'il regardait la mer… Alicia en était convaincue : les années difficiles étaient à venir.

La ville est presque déserte, à l'exception du marché où les étals commencent à se garnir de couleurs et d'odeurs diverses. Lucas le traverse en souriant par habitude à ceux qui lui lancent un *¡ Hola Lucas !*, puis il roule à toute vitesse vers le port de marchandises. Au bout du quai de débardage, il examine attentivement la côte, vers l'est. Là, à la fin de la plage naturelle, juste avant le début de la mangrove, il aperçoit un bref reflet rouge. Une bouffée de chaleur lui monte aux joues. Et si c'était Louisa ? Chaque coup de pédale fait grandir quelque chose à l'intérieur de son ventre, comblant peu à peu le grand vide.

Un kayak de mer est remonté sur la plage, à l'abri de la marée. Des traces de pas, fins et légers, se perdent dans le sable, à la limite des vagues. Après avoir vérifié que ses cerbères ne l'ont pas suivi, Lucas cache son vélo derrière une butte de foin de mer et s'approche de la crique en sifflotant doucement. Il essaie de se donner un air décontracté, mais son cœur bat à tout rompre. Derrière l'écran des feuillus, la dame est là, couchée sur SON arbre. Elle lit une revue gondolée par l'humidité. Un sac ouvert est posé près d'elle, avec des provisions pour passer une semaine, semble-t-il.

— Ah! Te voilà! Je suis contente de te voir. Tu es venu seul?

Lucas fait signe que oui. Puis il grimpe sur sa branche préférée et s'assoit à son extrémité. Il dépose son sac à dos à côté de celui de l'étrangère et l'ouvre pour prendre son petit-déjeuner. Il observe Louisa à la dérobée pendant qu'elle parle de la pluie de la veille qui n'en finissait pas de tomber et de la renaissance de la végétation, au réveil.

— C'est comme si on venait de donner un coup de pinceau sur tout le paysage.

— D'où vient votre accent, madame?

— Appelle-moi Louisa, ou Lou, je t'en prie, et tu peux me tutoyer si tu veux. Je suis d'origine colombienne, mais je vis au Québec depuis vingt ans. J'y suis arrivée toute jeune, à l'âge de dix ans.

— Regrettez-vous d'être partie ?

— Oh ! non ! Pas avec la violence qui sévit en Colombie.

— Tout de même, c'était votre pays… Il doit bien y avoir quelque chose qui vous manque ?

— La chaleur. Je déteste la neige !

Lucas rit. Il ne connaît de la neige que les morceaux de glace qu'Alicia retire du minuscule congélateur de la cuisine, lorsqu'il n'y a plus de place pour les aliments. Il sait que c'est brûlant comme du métal chauffé au soleil. Il n'a jamais imaginé respirer de l'air brûlant de froid.

— Pourquoi les gens veulent-ils rester dans un pays où il fait si froid ?

— La vie est aisée là-bas et, malgré les apparences, il peut faire très chaud en été, répond-elle avec un sourire amusé. Les couchers de soleil sont aussi beaux qu'ici et on a quatre saisons très différentes. Si tu voyais l'automne, tu n'en croirais pas tes yeux. C'est comme si les arbres prenaient feu. Et en hiver, on peut faire du ski, de la glissade, de la raquette. Et puis il n'y a pas d'ouragans chez nous, quelques tempêtes, tout au plus.

Lucas laisse son regard errer sur l'eau transparente. Il y a quelques mois, il avait rencontré par hasard Bruno, le frère de Raphael qui les avait entraînés dans son expédition mortelle, huit ans plus tôt. Bruno organisait, lui aussi, des « traversées de la liberté ». Lucas avait refusé de partir avec lui. Bruno avait alors tenté alors de lui expliquer qu'il perdait la chance de connaître la neige, les arbres qui prennent feu, les espaces infinis. Bruno avait ajouté que, toute sa vie, Lucas resterait prisonnier de son île. L'adolescent n'y avait pas cru, bien sûr. Pour lui, Cuba était le plus bel endroit au monde, même s'il n'y avait pas de neige et que les arbres se contentaient d'être verts, mais de toutes les teintes de vert quand même.

— Tu ne m'as toujours pas dit ton nom, jeune homme, ajoute la professeure, en prenant un cliché de l'adolescent avec un appareil photo sorti de nulle part.

Lucas sursaute. Sa réaction vient-elle de l'appareil photo qu'il a toujours eu en horreur ou de la question concernant son nom ? Doit-il le lui dire ? Peut-il lui avouer qui il est vraiment ? Révéler son nom à une étrangère ferait-il de lui la bête de cirque prédite par son père ? Un objet de curiosité malsaine, ou pire, de pitié ?

— Manuel, feint-il soudain. Mais tout le monde m'appelle Manolo.

— Manolo ? répète-t-elle avec une touche de déception dans la voix. Alors tu seras Manolo, dans ce cas. Tu permets que je garde la photo… pour mes étudiants ?

Lucas hausse les épaules. Sur cette photo, il est Manolo, pas Lucas. Pour elle, en tout cas.

— Finalement, quel héros vos élèves ont-ils choisi d'étudier ? demande l'adolescent après un moment d'hésitation.

— Peut-être le connais-tu ? On prétend qu'il demeure toujours à Banderas, mais qu'il est sous bonne garde. Aucun étranger ne peut l'approcher. Il doit avoir ton âge, treize ou quatorze ans. Il s'appelle Lucas Rodriguez.

Elle a prononcé ce nom en le fixant dans les yeux, guettant sa réaction. Lucas soutient son regard, à la fois flatté et déçu. Flatté de savoir que des jeunes d'outre-mer le prennent en considération, mais déçu par l'échec de sa première tentative visant à établir un contact avec un étranger. Ce n'est pas à lui qu'on s'intéresse, mais à l'être mythique, figé dans sa statue de bronze et de plastique, un gamin de six ans qui pleure encore sa mère.

— Lucas, un héros ? proteste l'adolescent sans conviction.

— Est-ce que je perçois une pointe de jalousie ? Tu le connais donc, Manolo ?

— Tout Cuba le connaît. Mais de là à l'appeler un héros…

— Mes élèves le considèrent comme tel. C'est un héros à leur mesure.

— Et vous, qu'en dites-vous ?

— Moi ? J'ai beaucoup lu sur le sujet. Les avis sont partagés, entre castristes, impérialistes, Américains, Cubains, Cubains américains, ou simplement curieux. Je suis venue ici pour me faire ma propre opinion, pour essayer de comprendre la vie qu'il peut mener maintenant. Mais je crois que je devrai quitter l'île avec mes illusions. Il est introuvable, dit-elle avec un drôle d'air.

— Avez-vous parlé à son père ? Tout le monde sait où il travaille.

— Oui, dans un restaurant italien, à Varadero. Mais cet homme, c'est un mur. Il le protège. On voit qu'il l'aime beaucoup, ajoute-t-elle avec un sourire.

Lucas ne dit rien. C'est vrai que son père l'aime. Durant toutes ces années, Carlos Rodriguez a été son phare, sa bouée de sauvetage… Certains prétendent qu'il a tardé avant de partir le chercher à Miami. Des mauvaises langues. Le souvenir est vague, mais jamais le garçon n'a douté de son père. Lucas conserve une photo, à côté de celle de sa mère disparue, où Carlos le serre dans ses bras, près de la porte de l'avion qui les a ramenés à Cuba. Son père a cet air farouche, vaguement inquiet, dépassé par les événements. Il le serre très fort, comme s'il voulait le souder à son propre corps. Cela ne se voit pas sur la photo, mais Lucas en garde le souvenir à même sa chair.

Louisa le fixe de son regard pénétrant.

— Manolo, connais-tu vraiment Lucas?

Les yeux perdus dans le vide bleu de l'eau, comme si la question ne l'intéressait pas:

— C'est… un de mes amis…

— Pourrais-tu m'indiquer où il demeure ou peut-être organiser une rencontre avec lui?

— Il est parti à la campagne. Un stage obligatoire dans une ferme-école.

— Oh? Est-ce une punition?

— Non, ce sont les brigades de travail des étudiants. Si vous connaissiez Cuba aussi bien que vous le dites, vous devriez savoir que cela fait partie de notre système d'éducation.

— Et tu n'y vas pas?

Lucas ne répond pas tout de suite. C'est l'histoire de sa vie: ne jamais être avec les autres. Faire semblant de flotter dans le même espace, sauf que la dimension n'est pas la même. Tout ça parce qu'un jour, sa mère a pensé bien faire en l'amenant sur ce satané bateau.

— Non, tout le monde me dit que j'ai de la chance…

Le silence s'installe entre eux, chacun étant occupé à démêler l'écheveau de ses pensées. Puis :

— Manolo, cette conversation est très agréable, mais je dois retourner à mon hôtel. J'ai pris du retard dans mes corrections et je repars demain. Je te remercie de m'avoir accordé un peu de ton temps.

— En quoi consistent les travaux de vos étudiants ? demande soudain Lucas, déçu de la voir partir aussi vite.

— Cela t'intéresse vraiment ?

— Je pourrais… en parler à Lucas lorsqu'il reviendra.

Du coup, un sourire éclaire le visage de la Québécoise.

— Oui… et peut-être pourrais-tu lui remettre quelque chose ?

— Je ne sais pas, murmure l'adolescent en regardant nerveusement autour de lui, alerté par l'odeur des *cigarillos* portée par la brise tiède. Je dois partir tout de suite, ajoute-t-il en se laissant glisser de l'arbre.

— Ne t'en va pas comme cela !

— Cette chose que vous voulez donner à Lucas, déposez-la dans mon sac à dos.

Cachez le sac dans cet arbre, le plus haut possible. Je viendrai le chercher demain. Je vous promets qu'il l'aura dès son retour.

Lucas se jette à l'eau et, en quelques brasses vigoureuses, il disparaît derrière l'écran de verdure. Il réapparaît plus loin, à bout de souffle, mais hors de vue de ses gardes du corps. Il sait que sa petite escapade lui attirera de nouvelles réprimandes, mais la sensation de chaleur qui s'est installée à la place du grand vide les vaut bien.

3

Des lettres
qui dérangent

*C*her Manolo, *ou devrais-je plutôt*
écrire cher Lucas,

Je sais que c'est toi, le garçon que
je rêvais de rencontrer. Je m'en suis
douté dès la première fois que je t'ai
vu sur la place du village. Puis tes yeux
ont confirmé mes doutes. Ils n'ont pas
changé. Ils sont toujours aussi boule-
versants.

J'ai pu me rendre compte que tu
étais bien protégé. Ce ne sont pas tous
les adolescents de Banderas qui ont
leurs propres gardes du corps. Aucune
des personnes que j'ai interrogées n'a
voulu me donner ton adresse ni me
dire comment te trouver. Ton père,
que j'ai rencontré à Varadero, a insisté

pour que je te laisse tranquille. J'ai eu peur un moment. Peur que tu sois étouffé par trop de protection. Cette réaction peut te paraître surprenante venant d'une étrangère, mais j'ai l'impression de te connaître... mieux que je connais mes propres élèves. Et en même temps, tu es une énigme pour moi. C'est pour cette raison que j'ai fait tous ces efforts pour te rencontrer et que, oui, je l'avoue, je t'ai suivi jusqu'à la crique. J'espère que tu me pardonneras mon indiscrétion.

Comme je te l'ai promis avant ton départ précipité, je t'ai laissé les travaux de recherche de mes élèves. Pourquoi ont-ils choisi Lucas Rodriguez comme sujet? D'abord parce que ton parcours n'est pas banal. Tu es un véritable héros cubain, malgré ton jeune âge. Sans oublier que ton pays, que plusieurs ne connaissent que pour ses plages magnifiques, possède une histoire hors du commun. Mes élèves ont travaillé très fort et ils seront excités de savoir que tu es peut-être en train de lire leurs travaux.

Merci de ta présence, merci d'avoir déjoué tes gardes pour que nous passions un peu de temps ensemble.

J'aurais eu tellement de questions à te poser, mais je devrai me contenter de ton souvenir et de cette photo que je garderai précieusement avec moi.

J'espère te revoir un jour, cher ami de la crique des Balseros.

Amitiés,
Louisa

P.-S. : Je te donne l'adresse de l'école où j'enseigne. Si le cœur t'en dit, écris-nous. Donne-nous tes impressions, pose-nous tes questions… Un simple bonjour venu du soleil nous ferait tellement plaisir.

Les yeux brillants, Lucas approche la lettre de son visage et aspire avec attention les effluves que dégage le papier. Sel marin et parfum fleuri. Les sourcils froncés, il se dirige vers le tiroir de sa commode et en sort une boîte de carton décorée de dessins enfantins. Sa boîte aux souvenirs. Il en retire un flacon de parfum dont il enlève le bouchon. La fiole est vide depuis des années, mais il s'en échappe encore un soupçon d'odeur d'herbes brûlées par le soleil. Le parfum de sa mère. Celui de Louisa est plus fruité, plus léger. Vivant. Le cœur de l'adolescent se serre à cette pensée. Sa mère est partie depuis si longtemps qu'il a de la difficulté à l'imaginer autrement que sur la photo de sa table de chevet. L'image de Louisa remplace un moment celle de sa mère. *Celle-là aussi s'éteindra*, songe-t-il avec amertume. *Comme son sourire et son odeur. Je ne pourrai pas les conserver, malgré tous mes efforts.* Il hume encore une fois la lettre et la place dans la boîte aux souvenirs, à côté du flacon de parfum vide.

Lucas est persuadé que Louisa l'oubliera aussi vite, dans son pays où la neige couvre la terre durant la moitié de l'année. Elle l'oubliera, comme on le fait même avec les meilleurs souvenirs, lorsque l'histoire de leur rencontre aura été racontée à qui veut l'entendre. Elle rangera alors la photo de Lucas avec d'autres photos de voyage, dans un album remisé au fond d'une armoire. *C'est mieux ainsi*, pense l'adolescent.

— Lucas, viens manger ! annonce sa belle-mère au travers de la porte.

Il fourre les travaux des étudiants dans son sac à dos, qu'il dépose sur le dossier de sa chaise. Puis il se ravise. Il ne sait pas encore ce que contiennent ces documents et il n'a pas le goût de les partager, surtout pas avec ses fouines de demi-frères ni avec sa belle-mère. Pas tout de suite.

Le deuxième appel d'Alicia le fait sursauter. Elle cogne doucement à la porte.

— Alors, tu viens, *muchacho* ? J'ai préparé ton repas préféré : du riz, des fèves noires, des bananes frites et du poisson blanc.

— Je déteste les fèves noires.

— Depuis quand ?

— Depuis que tu nous en sers tous les soirs. Je rêve d'un repas sans riz, sans fèves et sans poisson. Maman n'en faisait que le vendredi, elle.

Il ne sait pas pourquoi il a dit cela. S'en souvient-il vraiment ou bien est-ce l'image qu'il a voulu garder de sa mère ? Un soupir, derrière la porte, lui confirme qu'il a touché un point sensible.

— Alors, tu feras comme si c'était un hamburger, Lucas. Tu as suffisamment d'imagination pour ça. Allez, viens ! Les hamburgers sont meilleurs chauds.

Un peu honteux, Lucas cache son sac à dos dans la penderie, derrière des boîtes contenant des vêtements qu'on réserve pour ses frères. Puis il sort de sa chambre et rejoint les autres dans la cuisine. À peine ose-t-il regarder Alicia. Son père n'est pas là, comme d'habitude. Il travaille au restaurant et ne rentrera que tard dans la soirée. Lucas aurait aimé lui poser des questions sur le passé, avant de lire les travaux des élèves de Louisa et de mesurer l'étendue de ce qu'on lui a caché. Il mange du bout des lèvres jusqu'à ce qu'Alicia, lassée de son silence envahissant, lui permette de quitter la table.

Après avoir verrouillé la porte de sa chambre, Lucas étale les documents autour de lui. Les travaux des étudiants tiennent dans une vingtaine de feuillets. Les textes, écrits dans un espagnol maladroit, sont barbouillés d'annotations au feutre rouge. L'adolescent aimerait tout lire, tout embrasser d'un seul coup d'œil, mais il doit déchiffrer chaque mot, chaque ligne, afin de bien comprendre. Il se contente pour l'instant, avec la curieuse sensation d'être un voyeur dans sa propre vie, de regarder les photos, celles d'un gamin pris dans le tourbillon d'un événement trop grand pour lui.

Il se reconnaît sur des clichés qu'il n'a pourtant jamais vus : dans les bras d'inconnus, pleurant, hurlant ou riant, sur les t-shirts de milliers de gens rassemblés en une immense manifestation, sur des pancartes brandies au-dessus des têtes, dans les bras de son père, qui l'agrippe résolument. Bien entendu, il y a aussi la photo qui a fait la une de tous les journaux du monde, celle qui a valu le fameux prix Pulitzer à son photographe, la photo d'un agent d'immigration, armé jusqu'aux dents, visant un homme qui tient un bambin serré contre lui. Le visage de l'enfant et celui de l'homme reflètent une terreur sans nom. L'enfant, c'est lui. L'homme, selon la légende, est celui qui l'a tiré des eaux du détroit de Floride, trois jours après le naufrage. Lucas frissonne. Les souvenirs douloureux, qu'il croyait enterrés sous des années d'oubli, l'engloutissent soudain comme une vague brutale.

L'obscurité est tombée depuis un moment. Dans la cuisine, les adultes terminent de desservir la table en parlant à voix basse. Il y a de la tension dans l'air, comme les soirs où l'orage se prépare à éclater. Sa mère se dispute une fois de plus avec son copain Raphael. Lucas n'aime pas cela, car sa mère a souvent le regard triste après. Il dort à poings fermés lorsqu'elle le réveille doucement.

— Viens, Lucas, on s'en va. Habille-toi vite et ne fais pas de bruit.

— Où on va ? Voir papa ?

— Ne parle pas et fais vite. Tu ne voudrais pas réveiller toute la rue, n'est-ce pas ?

Malgré son sourire, Lucas sent la nervosité de sa mère. Elle l'a même écorché avec ses ongles en l'aidant à s'habiller.

— *Aïe! Tu me fais mal!*

— *Chut! Viens et tais-toi!*

Elle prend le sac à dos d'école de son fils et le bourre de vêtements chauds et d'un imperméable. Puis elle agrippe la main du petit et sort dans l'obscurité. Elle marche vite. L'enfant vole presque derrière elle. Il se tait, apeuré. Une voiture les attend un peu plus loin, les phares éteints. À l'intérieur, Lucas reconnaît la voix d'un ami de la famille. Plusieurs personnes s'entassent derrière, mais Lucas ne peut les voir. Il ressent cependant l'inquiétude de chacun. Le trajet lui semble durer une éternité. Puis l'effluve puissant de la mer remplace toutes les autres odeurs. Des gens les attendent sur la plage et les ordres fusent de partout, murmurés sur un ton où l'on sent l'urgence. Lucas commence à pleurer. La voix sèche de Raphael déclare alors :

— *Luella, je te l'ai dit : ce n'est pas une bonne idée de l'amener.*

— *C'est pour lui que je fais ce sacrifice, pour qu'il soit libre!*

Puis elle se penche vers l'enfant et lui chuchote d'être sage, qu'ils vont faire un beau voyage et qu'après, la vie sera merveilleuse…

Merveilleuse… L'émerveillement n'a jamais été au rendez-vous. La mort, oui. Lucas se secoue pour chasser la suite du souvenir qui lui colle au cœur. Il sait que s'il laisse aller son imagination, il revivra le bateau, la panne de moteur, la tempête, la noyade de sa mère… Et la longue attente dans l'eau, les heures remplies de terreur et de larmes. Une boule d'anxiété grossit au creux de son estomac et il surmonte son malaise en se concentrant sur le travail d'un élève. Lucas est surpris de découvrir qu'en fait, c'est une lettre qui lui est adressée.

Salut Lucas !

Je m'appelle Guillaume et j'ai choisi de découvrir qui tu es parce qu'on est nés à deux jours d'intervalle seulement, en décembre 1993. Mais moi, je ne suis pas un héros, juste un adolescent parmi tant d'autres. Je ne sais pas si j'aurais aimé en être un. Ce doit être difficile parfois.

Deuxième ressemblance : tes parents sont divorcés, comme les miens. J'imagine que tu as dû avoir, *malgré tout, une enfance heureuse, car tu souris sur presque toutes tes photos. Il paraît que ta maman a fait sept fausses couches avant de t'avoir, alors je suis certain que tes parents t'aimaient vraiment beaucoup. Je trouve bien original qu'ils t'aient donné un nom formé par une partie de leurs deux prénoms : **Lu**ella et **Car**los.*

J'aime particulièrement la photo de ta fête de cinq ans à la garderie, à cause du gâteau (je suis très gourmand, tu sais !). Dis-moi, est-ce bien le président de Cuba, à côté de toi ? Ça doit être très impressionnant d'être en présence d'un homme aussi important que lui. Moi, si je devais rencontrer le premier ministre du Canada, je fondrais de gêne, j'en suis sûr.

Lucas examine la photo de son cinquième anniversaire, un peu moins d'un an avant l'accident. Devant un énorme gâteau, on peut le voir en compagnie de sa mère, de son père et d'Alicia, sa belle-mère, de dizaines d'invités, de ses amis de la garderie. Ceci, sans oublier le *Comandante*, dans son éternel treillis d'armée. C'est vrai que l'homme aime bien s'entourer d'enfants, «les révolutionnaires de demain». Il est d'une patience infinie à leur égard et se montre attentif à ce que chacun lui dit, comme un bon grand-père. Tous les jeunes l'aiment beaucoup. Peut-être était-il de passage à Banderas pour une cérémonie de remise de foulards[7], une étape importante dans la vie de tout étudiant cubain ?

Après le retour d'exil de Lucas, le Président a pris une place significative dans sa vie. Il le côtoie souvent, principalement durant les défilés militaires et les grandes assemblées du Parti communiste, au premier rang, avec les hommes politiques bardés de décorations. Mais depuis un an ou deux, Lucas aurait donné sa place à n'importe qui, surtout à ceux qui le jalousent. En serrant les poings, l'adolescent reprend la lecture de la lettre de Guillaume.

Ah oui ! J'oubliais… nous avons un autre point en commun : nous faisons tous les deux du karaté. Je m'exerce pour obtenir ma ceinture brune. J'aimerais beaucoup, un jour, t'affronter lors d'une compétition. Mais c'est sûrement moi qui devrais me rendre à Cuba, car il paraît que c'est presque impossible pour un Cubain de quitter son pays. Dommage ! Je

7. Les élèves de l'école primaire reçoivent, lors d'une cérémonie spéciale, le foulard bleu de l'Organisation des enfants cubains. Au lycée et à l'université, ils font partie de l'Organisation des pionniers José Martí et portent le foulard rouge.

t'aurais montré ma collection de mé-
dailles. Au revoir, mon héros cubain !
Guillaume

Les yeux rivés sur sa propre collection de médailles et de trophées, Lucas pense que Guillaume a tort de dire que les Cubains ne peuvent quitter le pays. Ils le peuvent, mais à condition d'avoir une bonne raison… et d'obtenir la permission de le faire. Ce que le gouvernement ne peut tolérer, c'est la désertion. Chaque citoyen a sa place dans la société et les départs non autorisés déséquilibrent la vie sociale et le moral de tous. Un peu comme dans une grande famille. Mais ça, comment le faire comprendre à des gens qui, semble-t-il, ne connaissent même pas le nom de leur voisin…

Lucas aime à penser qu'un jour il voyagera, grâce au karaté, justement. Cuba a de très bons athlètes, qui se démarquent dans plusieurs disciplines, comme la boxe, le volley-ball et le soccer. Les médecins aussi voyagent souvent, afin d'aider les habitants d'autres pays touchés par des cataclysmes naturels ou des conflits armés… Il y a beaucoup de médecins à Cuba. De très bons médecins. Des gens viennent même d'ailleurs pour se faire traiter ici. Les insulaires ont l'habitude de dire qu'ils vivent comme des pauvres et meurent comme des bourgeois. Lucas se rappelle qu'en 2005, le *Comandante* avait proposé son aide au gouvernement américain lorsque l'ouragan Katrina avait inondé une grande partie de la Louisiane. Le président des États-Unis avait refusé, ce qui avait provoqué bien des ricanements à Cuba, sans que l'adolescent comprenne pourquoi. Lorsqu'il avait interrogé son père à ce sujet, ce dernier avait répondu :

— Tu sais, Lucas, l'aide humanitaire, c'est bien plus qu'une simple question de biens matériels. Bien que le gouvernement américain nous réduise à la pauvreté avec son blocus, nous pouvons encore offrir notre soutien aux pays qui en ont besoin. Et ça, c'est plutôt humiliant pour eux !

La politique fait partie de la vie de Lucas, comme de celle de tout Cubain. Les discours du *Comandante* sont nombreux et diffusés simultanément sur toutes les stations de télévision et de radio. Les slogans abondent, autant sur les murs de la ville qu'à la campagne. Le portrait du sympathique Che[8] est affiché sur des t-shirts, des drapeaux, dans toutes les

---

8. Ernesto Guevara (1928-1967) était surnommé Le Che à cause de sa manie de prononcer ce mot à chaque fin de phrase. Médecin argentin, il se joignit au groupe révolutionnaire de Fidel Castro. Après deux ans de guérilla, ils renversèrent le gouvernement du dictateur Batista, le 1er janvier 1959. Il incarne la révolution et la lutte pour la liberté partout dans le monde.

villes du pays. À titre de révolutionnaire de demain, Lucas est conscient que le combat que son pays mène pour sa différence est nécessaire. Toutefois, peut-être à cause des sept mois qu'il a passés dans sa famille à Miami, il n'arrive pas à détester complètement les Américains.

Lucas choisit un autre feuillet intitulé : *Un mot de* Madame la 1re ministre.

> *Cher Lucas,*
> *Je me nomme Isabelle, mais dans ma classe tout le monde m'appelle* Madame la 1re ministre *parce que je suis passionnée de politique. Je t'écris pour te dire que mes amis et moi sommes totalement en désaccord avec le blocus imposé par les États-Unis contre ton pays. Je crois que s'il n'y avait pas eu le blocus, le terrible accident de ta mère et les mésaventures tragiques de milliers de Cubains qui tentent de traverser aux États-Unis n'auraient jamais eu lieu.*

Lucas respire un grand coup. Le mot «mère» vient de sonner l'alarme. Il prend la lettre et la met de côté. A-t-il vraiment le goût de relier sa mère à l'histoire de son pays, de la diluer dans un grand tout, de la réduire à une victime parmi tant d'exilés qui ont choisi de quitter le pays et qui n'ont pas réussi ? Sa mère n'est pas une martyre. *Elle a pris sa décision et... qu'elle en assume les conséquences !* conclut-il le cœur serré par le ressentiment. Il reprend la lettre d'Isabelle, les yeux humides de colère refoulée.

Je t'explique comment, dans notre groupe, nous voyons la situation de ton pays :

L'histoire politique de Cuba n'a jamais été de tout repos. Depuis sa découverte en 1492 par Christophe Colomb, qui la décrivait comme « la plus belle terre jamais vue », plusieurs pays conquérants, l'Espagne, la France, l'Angleterre, et plus récemment les États-Unis, se sont disputé ses riches terres. Car on n'appelait pas Cuba « la perle des Caraïbes » pour rien ! Mais ces siècles d'exploitation et l'imposition de monoculture de la canne à sucre et du tabac ont privé l'île de revenus d'exportation diversifiés et l'ont appauvrie. Lorsque Fidel Castro, à la tête de son petit groupe révolutionnaire, les Barbudos[9]*, a renversé*

---

9. Les Barbus : nom donné à Castro, Che Guevara et leurs compagnons d'armes durant la période révolutionnaire, car les combattants n'avaient pas l'occasion de se raser.

le gouvernement du dictateur Batista, en 1959, le peuple cubain était très heureux, mais pas le gouvernement américain, qui perdait alors l'espoir d'annexer l'île au reste des États-Unis. Fidel Castro a repoussé les investisseurs étrangers et pris possession de toutes leurs terres, leurs industries et leurs richesses afin de les redistribuer aux Cubains. Les États-Unis ont alors imposé des sanctions économiques, le blocus ou embargo, qui dure depuis près de cinquante ans maintenant. En empêchant tous les échanges économiques avec les autres pays du monde ou en punissant les pays qui veulent faire des affaires avec Cuba, le gouvernement américain espérait appauvrir suffisamment Cuba pour obliger Castro à donner sa démission.

Mais Cuba s'est plutôt tournée vers l'Union soviétique, l'ennemie jurée des États-Unis durant la guerre froide. La situation s'est aggravée lorsque les Soviétiques ont installé des bases de missiles nucléaires sur l'île, à portée de tir de la Floride. Mon père dit qu'on est passé à un cheveu d'une terrible guerre atomique. Puis, en 1991, l'Union soviétique s'est démantelée, après la chute des pays socialistes de l'Europe de l'Est, mettant fin à plusieurs années de bons échanges entre les deux pays. C'est là que la vie est devenue très difficile à Cuba, qui ne produisait que du sucre et du tabac et qui devait se suffire à elle-même avec quasiment aucune importation.

C'est en grande partie le blocus qui a contraint les gens à fuir Cuba, à affronter 150 kilomètres de mer dangereuse et infestée de requins, sur des embarcations de fortune qui coulaient plus souvent qu'elles ne flottaient.

La majorité des pays ne veulent pas de ce blocus, mais comme ce sont les États-Unis qui l'ont décidé, il n'y a qu'eux qui peuvent y mettre fin. Je suis bien heureuse de savoir que le Canada ne l'a jamais approuvé et que nos touristes, qui sont les plus nombreux à visiter ton pays, aident un peu le peuple cubain.

J'espère un jour avoir l'occasion de te rencontrer. ¡Hasta luego, amigo Lucas!

Isabelle

Le blocus. Les adultes en parlent souvent ici. Toujours avec amertume et frustration, songe l'adolescent. Lucas et les jeunes de son âge n'ont jamais rien connu d'autre. Pour eux, les effets persistants des restrictions qui ont été imposées durant la «période spéciale en temps de paix[10]» font partie du quotidien. Un jour que Tonio, son petit frère, lui a demandé ce qu'était le blocus, il lui a expliqué ceci :

— C'est un peu comme si un gamin faisait un mauvais coup et que ses parents l'enfermaient dans sa chambre. Il n'a pas le droit d'en sortir et personne ne peut venir le voir. Au début, ce n'est pas trop grave, car il a des provisions cachées dans ses tiroirs. Mais lorsqu'il a terminé de les manger et qu'il a vraiment faim, il doit promettre d'être très gentil s'il veut que la punition se termine. Cuba, c'est le gamin, et les Américains, ce sont les parents. La punition, c'est le blocus.

— Qu'est-ce qu'il a fait, le gamin ? demande Tonio.

---

10. La «période spéciale en temps de paix» est décrétée en juillet 1990 pour contrer l'effondrement de l'économie cubaine provoqué par la disparition du «camp socialiste» européen. Les restrictions imposées aux Cubains par le gouvernement (par exemple *la libretta*) sont semblables à celles qu'on retrouve habituellement en période de guerre. La période spéciale a officiellement pris fin en 2005, mais ses effets se font toujours sentir sur l'île à cause du blocus qui empêche l'entrée des produits étrangers.

— Cuba ? Elle a juste essayé d'être différente. Ça ne plaît pas à tout le monde.

— Je ne comprends pas.

— Ah, ça, tu n'es pas le seul…

Lucas regarde l'heure : 19 h 45. Flûte ! Le temps a filé comme l'éclair. Il entend des bruits de l'autre côté de la porte, puis la poignée qui tourne et résiste. Jai commence à pleurnicher.

— Lucas, c'est l'heure de l'histoire ! Viens vite !

L'adolescent soupire. Depuis plusieurs années, il est le conteur de la famille, celui qui permet à ses frères de s'endormir paisiblement. Mais ce soir, il a l'impression que l'histoire qu'il inventerait serait peuplée de naufrages, de requins et de questions sans réponses.

— Non, pas ce soir, les gars. Demandez à maman, cette fois.

L'oreille collée sur la porte, il écoute Alicia consoler les petits et leur lire *La Caperucita Roja*[11], en se demandant qui est le chaperon rouge et qui est le gros méchant loup, dans son histoire à lui…

---

11. Le Petit Chaperon Rouge.

Il hésite avant de se replonger dans une nouvelle lettre. Il pensait avoir affaire à de banals courriers de correspondants, où on s'échange des nouvelles de l'école et de la famille et où on parle de la pluie et du beau temps. Non, ceux qu'il vient de lire sont carrément dérangeants. Les questions et les affirmations des étudiants québécois l'obligent à poser un regard différent sur des choses qu'il a toujours tenues pour acquises.

La lettre qu'il choisit est écrite sur un fond noir et blanc d'échiquier et est étrangement titrée : *Entre le cavalier et le fou.*

Salut cher Lucas,

J'essaie de comprendre pourquoi ton arrivée aux États-Unis a provoqué tant de remous. D'accord, tu étais un rescapé de la mer, comme les deux autres personnes qui se trouvaient dans le même bateau que toi et qui sont arrivées saines et sauves aux États-Unis. Mais, a-t-on parlé d'elles ? Non ! Il en arrive beaucoup, de ces réfugiés de la mer en provenance de Cuba ou d'Haïti. On leur accorde parfois un entrefilet dans le journal, on en retourne quelques-uns dans leur pays, mais on n'en fait pas tout un plat. A-t-on parlé des onze victimes ? À peine.

Elles sont allées rejoindre les statistiques de milliers d'autres malheureux qui ont péri dans ce redoutable détroit de la mort.

Qu'avais-tu de si différent ? Ton âge d'abord. Six ans. C'est mignon, six ans. J'ai un petit frère de cet âge et je l'adore, mais je ne crois pas que ce soit suffisant pour susciter tant d'intérêt. Tu as été recueilli trois jours après ton naufrage. Trois jours à flotter dans l'eau, accroché à une bouée, sous un soleil de plomb, avec les poissons, les oiseaux de mer, les méduses, les requins tout autour... et de longues nuits isolé. Et tu as survécu ! Ça, c'est un exploit. Un miracle, même ! Ce fait à lui seul justifiait plusieurs pages dans les journaux de Floride. Mais de là à faire la une de quantité de quotidiens partout dans le monde, sept mois durant ? Et susciter tant de discussions enflammées, des manifestations monstres et justifier une intervention armée ? Non. Il devait bien y avoir autre chose.

Mon père m'a dit que c'était une question de droit parental. Que ta mère ne pouvait partir avec toi sans en demander la permission à ton père, même s'ils étaient divorcés, car ils partageaient ta garde. Si ta mère ne l'a pas fait, c'est certainement parce qu'elle savait que quitter Cuba est illégal et considéré comme un crime par le gouvernement de ton pays. Personne ne s'en vante avant de le faire. Les oncles de ta mère, des Américains d'origine cubaine, ont fait des pieds et des mains pour obtenir ta garde, mais tu n'étais pas orphelin, enfin, pas complètement. Si tu avais été plus âgé, peut-être aurais-tu pu revendiquer le statut de réfugié et la citoyenneté américaine ? Eh bien non ! Car tu n'as pas échoué sur une plage de Floride, en territoire américain, comme les deux autres survivants, tu as plutôt été repêché en haute mer, à sept kilomètres des côtes. Juste assez loin pour être toujours en eaux internationales. Selon une expression américaine, tu avais les «pieds secs[12]». Donc, tu «appartenais» toujours à Cuba.

---

12. Dans la loi américaine d'immigration relative aux réfugiés maritimes, les «pieds mouillés» sont les réfugiés qui obtiennent le droit de rester aux États-Unis parce qu'ils ont touché le sol américain, habituellement en faisant naufrage à proximité d'une plage. Les «pieds secs» sont ceux qu'on renvoie parce qu'ils ont été pris en eaux internationales.

Alors, pourquoi ne pas t'avoir tout simplement retourné là-bas et qu'on n'en parle plus ? C'est là que la grande bataille que se livrent les Américains et Fidel Castro entre en jeu. Cela fait cinquante ans qu'elle dure. Chacun déplace ses pièces, comme aux échecs. Il y a des victoires. Il y a des pertes…

Ce n'est pas ta faute. Tu as seulement été pris entre le cavalier et le fou, et on t'a déplacé stratégiquement, dans ce grand jeu qui n'en finit plus. J'espère de tout mon cœur que, depuis, tu as su trouver la place qui te revient sur l'échiquier de ta vie.

Frédérique, qui aimerait beaucoup te rencontrer un jour.

Un pion ? suffoque Lucas en chiffonnant la lettre. Est-ce vraiment la vision qu'ils ont de lui, au Québec ? Une vulgaire pièce d'échecs sans valeur qu'on déplace à sa guise et dont on peut disposer sans grand risque… *Non !* songe-t-il avec frustration. *Si tout cela n'avait été qu'une bataille politique, plus personne n'en reparlerait. Le sujet serait mort et enterré. Et on ne ferait pas de Lucas Rodriguez un sujet de recherche, dans une école du Québec. Héros ou pion ? Il faudrait peut-être qu'ils se décident !*

4

Des nouvelles de Manuel

La nuit de Lucas est peuplée de rêves étranges, au cours desquels les étudiants de Louisa prennent vie dans sa chambre et lui expliquent tout ce qu'ils savent de son histoire, de ses parents, de son école et de ses amis. Parfois les affirmations sont bien différentes de ce qu'il connaît.

Mais comment peuvent-ils savoir tant de choses? s'emporte l'adolescent. *Ils ont le même âge que moi. Et… ils ne vivent même pas à Cuba. Comment démêler ce qui est vrai de ce qui ne l'est pas?*

Au réveil, il est d'une humeur exécrable qui persiste comme un mauvais goût dans la bouche.

— Lucas! Tu as reçu du courrier!

Une lettre? Vient-elle du Québec, de la professeure Louisa? *Non, c'est impossible,* pense Lucas, *elle est partie de Cuba il y a deux jours à peine. De qui, alors?*

Le garçon prend l'enveloppe des mains de son père et inspecte d'abord le timbre. *Cuba correos*[13]. Zut! Cela aurait été trop beau! Il la retourne et constate qu'elle est décachetée.

— Eh! Vous l'avez ouverte?

Carlos intercepte le regard accusateur de son fils. Il hausse les épaules en disant:

— Ce n'est pas nous qui avons fait ça. Qu'elle soit ouverte ou non dépend souvent de sa provenance.

Lucas fronce les sourcils. Il n'a jamais reçu de lettres décachetées. Mais peut-être est-ce parce que c'était toujours du courrier scolaire ou en provenance des bureaux du Président. Il pense soudain aux lettres que ses nouveaux amis du Québec pourraient lui envoyer. Ou bien à celles de Louisa. Seraient-elles lues, elles aussi? Y a-t-il moyen d'échapper à cette surveillance forcée? Voyant sa mine contrariée, Alicia frotte les cheveux de Lucas dans un geste maternel et demande, l'œil pétillant:

— Alors, de qui vient-elle? D'une de tes copines?

— Non, le cachet indique Trinidad. C'est sûrement de Manuel.

---

13. Poste cubaine.

— Il en a mis du temps!

— Voyons, Alicia, rétorque Carlos, les gars n'ont pas l'habitude d'écrire…

Lucas s'assoit au salon et commence à lire la lettre.

¡ Hola amigo!

C'est moi, ton pote Manuel. Je t'écris pour te dire comme c'est bien ici. Je ne trouve pas beaucoup de temps pour t'écrire, car une activité n'attend pas l'autre. Nous sommes, de plus, bien nourris et bien logés, et les copains sont sympathiques. J'ai fait le voyage sans problèmes et il y avait suffisamment de place pour tout le monde dans le bus. J'apprends le français, mais ce n'est pas facile. Cher ami, tu aurais sûrement aimé voir les collines escarpées sous la lune, les vieilles vaches aux yeux noirs et les superbes motos Harley traitées avec plus de soins que les chiens de ma tante Santuis. Pas le temps, copain, de tout t'expliquer, tu sais combien les minutes nous sont comptées. De tous mes amis, Paco, c'est toi que j'apprécie le plus, et je tiens à notre amitié, malgré la distance qui nous sépare. Bonjour à Jai et à Tonio. Manolo

Encore les mauvais stylos du magasin scolaire qui n'écrivent qu'à moitié, pense Lucas en relisant la lettre. Jai et Tonio ? Pourquoi Manuel salue-t-il ses deux demi-frères alors qu'il n'arrive jamais à les supporter ? Il doit vraiment s'ennuyer, malgré le ton suffisant qu'il utilise pour parler de toutes les « merveilleuses » activités de Papamosca. Mais pourquoi l'appelle-t-il Paco ? Paco, c'est le surnom qu'il donne à Pascual, un gars de la classe qu'il n'apprécie pas particulièrement, un type plutôt brusque et vantard. Décidément, son copain a bien changé. *Le soleil de Sancti Spiritus doit être particulièrement chaud en ce moment*, conclut-il en ricanant.

— Et puis, Lucas, comment va ton ami ?

— Bien ! Il ne se plaint pas. Ça ne doit pas être si pire que ce qu'on en dit, après tout. À l'entendre, c'est presque une partie de plaisir, lance l'adolescent avec une pointe d'amertume dans la voix, avant de regagner sa chambre.

Carlos décoche un regard interrogateur à Alicia. Les travaux agricoles communautaires, que ce soit durant les études ou ceux imposés aux travailleurs de la ville, n'ont pas la réputation d'être aussi agréables. Et il connaît suffisamment la Sierra del Escambray pour savoir que la ferme-école est construite dans une région particulièrement aride, en montagne. Il lit la lettre que Lucas a laissé traîner sur la table de cuisine et reste perplexe. Les propos sont plutôt décousus et Manuel semble un peu trop jovial à son goût. À moins que les travaux obligatoires aient bien changé depuis son enfance…

Lucas, dans sa chambre, termine de se préparer pour l'école. Depuis le départ de Manuel, plus rien n'est pareil. Tous les matins, Manolo était à leur table, éternel affamé, dévorant les croûtes des rôties de ses frères, pigeant dans le réfrigérateur toujours plein de la cuisine, inventant de nouvelles histoires où la nourriture prenait vie, devenait personnages animés. Pour Lucas, le déjeuner est devenu fade et Manolo lui manque terriblement. Mais l'inverse ne semble pas vrai…

À l'école, l'adolescent est irritable. Durant le cours d'histoire, il interrompt brusquement le professeur et lui demande :

— Existe-t-il un endroit à Banderas qui s'appelle la crique des *Balseros*?

Le professeur le regarde longuement, puis déclare :

— Pas de façon… officielle. Puis-je continuer mon cours maintenant ?

Lucas se renfrogne. Cette question lui trotte dans la tête depuis qu'il a lu la lettre de Louisa. Elle a écrit *cher ami de la crique des Balseros*. À sa connaissance, la crique où ils se sont rencontrés ne porte pas de nom. L'a-t-elle elle-même surnommée ainsi? Si oui, pourquoi avoir utilisé le nom des *balseros*, les réfugiés de la mer, ceux qui partent sur de minuscules embarcations, les *balsas*, pour tenter la terrible traversée du détroit de Floride? Et le professeur d'histoire qui refuse de répondre à sa question. Lucas n'est pas dupe. À Cuba, c'est toujours: «on a entendu dire», «la rumeur court», ou bien «il n'y a rien d'officiel». Comme pour confirmer sa pensée, le professeur le rattrape après le cours et lui dit:

— Viens me voir après la classe. J'aimerais te parler.

Mais Lucas n'a pas besoin d'attendre la fin des classes pour obtenir la réponse officieuse à sa question. Pendant l'heure du lunch, deux jeunes adultes qu'il n'a jamais vus, ni à l'école ni en ville, l'empoignent durement par la chemise et l'entraînent vers un coin sombre à l'arrière de la cour. Lucas tente de se débattre, mais l'une des brutes lui tord le bras. Lucas regarde anxieusement autour de lui, à la recherche de ses gardes du corps dont il aurait, pour une fois, apprécié la présence.

— Hé! Lâchez-moi! Qu'est-ce que je vous ai fait?

— As-tu besoin qu'on te fasse un dessin, le héros? Ferme ta grande gueule, sinon tu risques de rejoindre ta mère au fond de l'océan !

— Vous n'avez pas le droit d'insulter ma mère, gronde Lucas en essayant de se libérer. Je ne sais même pas de quoi vous parlez

— Alors, ferme-la. Ne prononce plus jamais le mot *balseros* ici et ne pose plus de questions. Tu m'as compris ?

Lucas fait signe que oui et se dégage en maugréant. Les deux brutes le bousculent encore un peu et l'un d'eux ajoute, avec un rictus méchant :

— Nous t'avons à l'œil. S'il arrive quelque chose, tu paieras, Lucas Rodriguez. À moins que ce soit tes petits frères, Jai et Tonio...

Lucas frissonne en entendant les prénoms de ses demi-frères. Il se dirige vers l'avant de l'école en défroissant sa chemise et en replaçant son foulard, honteux de s'être fait prendre comme un débutant, lui qui a pourtant sa ceinture brune en karaté. Il passe le reste de l'après-midi à essayer de comprendre ce qui a pu déclencher la colère des deux fiers-à-bras. Sont-ils sérieux avec leurs menaces ? Et ses frères sont-ils réellement en danger ? A-t-il, sans le savoir, levé le voile sur un mystère ? À la fin des cours, alors qu'il se prépare à partir, le professeur d'histoire l'aborde :

— Tu voulais discuter, Lucas ?

— Euh… non, monsieur. Ça va.

— Ça n'a pas l'air d'aller, au contraire.

— Non, non ! Je vous assure. Ce doit être la chaleur.

Le professeur hausse le sourcil, sceptique. La journée n'est pas particulièrement chaude, novembre étant un des mois frais de l'année. La chaleur mentionnée par son étudiant doit se situer sur un plan autre que physique…

— Enfin, si tu as besoin de parler, ne te gêne pas. Et j'ajouterai, pour ton information, que la crique des *Balseros* existe bien, de façon non officielle, à l'est du port, dans la mangrove. Sais-tu de quel endroit je parle ?

— Euh… oui, monsieur.

— C'est de là que partent beaucoup de Cubains qui veulent quitter l'île en bateau. Cette baie est protégée des vents et des courants… et elle est plus difficile à surveiller pour les autorités. C'est probablement de cet endroit que tu es parti, toi aussi, il y a plusieurs années…

Lucas avale péniblement sa salive. *C'est donc ça*, pense-t-il. Sans le savoir, sans même avoir le plus infime soupçon, il a adopté cette baie comme refuge, s'y sentant bien, en sécurité. Comment aurait-il pu se douter que c'était le lieu où avaient débuté toutes ses difficultés ?

— Veux-tu savoir autre chose, mon garçon ?

— Euh... non... enfin oui. Des gens partent encore de là ? Je veux dire... si quelqu'un décidait de partir, il pourrait...

— J'espère que tu ne veux pas remettre ça, Lucas ? répond le professeur en lui relevant le menton et en cherchant son regard fuyant. Tu as déjà assez souffert, tu ne trouves pas ?

— Non, voyons ! s'étouffe presque l'adolescent. Oubliez que je vous ai posé cette question, d'accord ?

— Et oublie que je t'ai répondu, Lucas. Tout ce qui est non officiel n'existe pas à Cuba. Tout le monde sait cela.

Il éclate d'un rire forcé avant de quitter la classe. Lucas reste un moment adossé à la porte du local, choqué d'avoir posé cette question. Que va donc croire ce professeur ? Qu'il veut déserter ?

Il se dirige lentement vers la cour d'école, les mains calées au fond de ses poches. Un de ses gardes l'attend à la sortie, avec Jai et Tonio, pendus à son cou. Pour une fois, l'adolescent est content de le voir. Un coup d'œil circulaire suffit à le convaincre que les petits despotes ne sont pas restés pour l'attendre.

Sur le chemin du retour, Lucas se perd dans ses pensées. La crique des *Balseros*... C'est de cet endroit que sa mère est partie en bateau. C'est là qu'elle a eu son dernier contact avec l'île. Et c'est là que lui, Lucas, est entré en contact avec Louisa qui, sans le savoir, lui a ramené des bribes de son passé dérobé. *Il y a trop de hasards là-dedans*, pense-t-il. *Le même nom, le même endroit, la sensation de perte comblée par la présence de l'autre... Louisa pourrait-elle être une... réincarnation de ma mère?*

L'adolescent rigole et chasse cette idée. Ses grands-mères lui diraient qu'il a visé juste, que l'esprit de sa mère est toujours présent dans les arbres, le sable et l'eau de la baie, mais lui n'a jamais vraiment cru à la *santeria*, cette religion que ses aînés pratiquent avec ferveur, un culte à cheval entre le catholicisme et les pratiques vaudou et animistes de leurs ancêtres africains[14]. *Tout de même, le rapprochement est difficile à ignorer*, songe Lucas. Avec qui pourrait-il en parler, sans devoir révéler le secret de sa rencontre avec la professeure Louisa? Ah! si Manuel était là...

14. Une importante partie de la population cubaine est constituée de descendants d'esclaves africains introduits sur l'île après le génocide des aborigènes, du milieu du XVIe siècle au milieu du XVIIIe. Voir *Par le fer et par le feu*, collection Ethnos, nº 1 par Daniel Mativat.

Lucas termine en hâte son devoir de mathématiques avant de se replonger dans les lettres des élèves de Louisa. Celle qu'il choisit le jette dans un trouble grandissant. Elle s'intitule : *Comme au cinéma.*

Salut Lucas,

Moi c'est Vincent. Tu peux m'appeler Vince. J'aime bien les films policiers, particulièrement au moment où les agents, armés jusqu'aux dents, pénètrent dans un immeuble. Tout se fait par signes, chacun prend place en silence, puis c'est l'assaut. Eh bien, il semble qu'on n'ait pas besoin de se trouver dans un film pour voir cela. C'est arrivé dans ton histoire à toi. C'est vrai qu'elle ressemble un peu à un film, ta vie.

J'ai vu un documentaire qui décrivait les événements entourant ton naufrage et je t'explique la scène qui m'a le plus frappé. Ton grand-oncle Ubaldo et ta cousine Marina de Miami essayaient de légaliser ta présence aux États-Unis. Mais tous ces pourparlers, ces procédures légales étaient interminables. Finalement, les agents du service d'immigration ont décidé d'en finir et de

*venir te chercher. De force. En plein
milieu de la nuit, alors que des gens
campaient et priaient devant la
maison, les agents sont arrivés avec
leurs armes et leurs masques, puis
ils ont lancé des gaz lacrymogènes,
bastonné et cloué au sol toutes les
personnes présentes, les traitant
comme des criminels. Ils ont défoncé
la porte et sont entrés dans la chambre
où tu dormais. Un homme te tenait
dans ses bras, caché avec toi dans la
penderie. Un agent l'a menacé de
son fusil en hurlant : Donnez-moi
l'enfant ! Donnez-moi l'enfant ! Il t'a
saisi sans ménagement pour t'amener
dans une camionnette. On se serait
cru en pleine guerre.*

*Pourquoi ont-ils agi avec tant de
précipitation et de violence, sans
attendre que les procédures légales
soient terminées ? La rumeur voulait
que la mafia cubaine était impliquée,
que des hommes armés se trouvaient
à l'intérieur et autour de la maison,
prêts à faire feu pour te défendre.
Était-ce vrai ? On ne l'a jamais su,
mais il paraît que des procès sont
encore intentés aujourd'hui par les
gens qui se sont fait violenter.*

*Voilà. Un vrai film américain dont,
je l'espère, tu n'as pas gardé trop de
mauvais souvenirs.*

Vince

Lucas relit la lettre, incapable d'empêcher
les images de refluer à sa mémoire. Il se revoit,
huit ans plus tôt, dans la noirceur de la penderie, serré contre Felipe, qui était devenu
un ami.

— *Ne fais pas de bruit, Lucas. Il ne faut
pas qu'ils te trouvent.*

— *Pourquoi? Qu'est-ce qu'ils veulent
à tonton Ubaldo? Pourquoi tout le monde
crie?*

— *Chut! Ils arrivent. Je vais te protéger.*

*Le tremblement de la porte de la
chambre qu'on arrache de ses gonds, la
lumière qui filtre au travers des panneaux
ajourés du placard. La voix qui tonne, dans
une langue que Lucas ne saisit pas encore:*

— *Donnez-moi l'enfant!*

*Le gémissement de terreur que Lucas
ne peut retenir. La cachette découverte, le
fusil pointé sur Felipe, puis la main qui
l'empoigne brutalement, l'enveloppe dans
une couverture et l'entraîne. Les mains qui
se tendent à son passage: son oncle, sa
cousine, tous les gens qu'il côtoyait depuis*

plusieurs mois. Les visages noyés de larmes et la promesse :

— *Nous viendrons te chercher, Lucas. Nous ne t'abandonnerons jamais...*

C'est le souvenir qu'il a gardé de sa famille d'adoption, un grand vide déchirant et injuste. Il n'a jamais eu de nouvelles d'eux. L'ont-ils oublié ou bien le courrier a-t-il été intercepté par une main puissante ?

Lucas attrape une autre lettre sur laquelle sont dessinés une bouée, un dauphin et l'aileron d'un requin. Il sait de quoi parlera cette lettre. Il sait qu'il ne devrait pas la lire, car il rêve déjà trop souvent de ce naufrage. Il en rêve encore avec ses yeux d'enfant et il a toujours honte de la frayeur qu'il ressent à ce souvenir.

— Vieillis, Rodriguez, se sermonne Lucas. Tu as quatorze ans. Tu veux que les gens te traitent en adulte, alors agis en adulte !

Cher Lucas,

Je m'appelle Marianne et j'ai choisi de te parler d'un film qui m'a beaucoup touchée. Ce film, qui s'intitule Lucas Rodriguez, au cœur de la tempête, *raconte ton histoire à partir du moment où ta mère décide de t'amener avec elle pour traverser le détroit de Floride, jusqu'à ton retour à Cuba.*

Il est bouleversant. Je dois t'avouer que j'ai beaucoup pleuré lorsque le bateau a fait naufrage et que ta mère a dit, en t'attachant à la bouée : Tu iras en Amérique, tu grandiras, tu deviendras fort et tu auras de la volonté. Tu seras libre comme j'en ai toujours rêvé pour toi. Dis-leur que ta maman t'aimait.

Ensuite, ce qui m'a le plus impressionnée, ce sont les dauphins. Est-ce vrai qu'ils t'ont protégé contre les attaques des requins et qu'ils ont poussé ta bouée jusqu'à la côte ? Le dauphin a toujours été mon animal préféré, je comprends aujourd'hui pourquoi.

Je trouve que tu as été très courageux et que c'est triste pour ta mère et pour ta famille que tu as dû laisser à Miami. Je crois qu'ils t'aimaient vraiment beaucoup.

Si tu as la chance de voir ce film, tu comprendras pourquoi je l'ai trouvé si beau.

Marianne, la romantique

Lucas regarde de nouveau les dessins. Rien ne remonte des profondeurs. Pas de souvenirs pénibles, pas de rêves déprimants, pas de remords… *Peut-être suis-je en train de m'endurcir, finalement*, songe-t-il, soulagé.

L'adolescent range rapidement les travaux dans son sac à dos, déterminé à ignorer toutes les autres lettres. Il heurte soudain un objet dur, dont il n'avait pas remarqué la présence, au fond du sac. Intrigué, il en vide le contenu sur le sol et découvre, emballée dans plusieurs épaisseurs de plastique opaque, une vidéo-cassette. Que fait-elle là ? Louisa a dû l'oublier avec les travaux de ses élèves. La cassette s'intitule *Lucas Rodriguez, au cœur de la tempête*. C'est celle dont parlait Marianne. Le descriptif indique : *Drame basé sur des faits réels. Sous-titré en espagnol.*

Stupéfait, Lucas tourne et retourne la cassette. Elle existe donc vraiment, cette mise en scène de sa vie. Il la tient au creux de ses mains. Sa vie, portée à l'écran, comme celle des grands de ce monde. Comme la vie de certains héros qui ont changé le cours de l'histoire. Une nausée l'envahit un moment. Dans sa tête, il est tout sauf un héros. Un pion, peut-être, mais pas un héros… Que doit-il faire ? À qui demander conseil ? L'idée l'effleure un instant d'aller tout raconter à son père, mais il la repousse avec fureur. Non, Carlos lui sortirait des phrases comme « ce que pensent les autres n'est pas important », « le passé n'est pas garant de l'avenir » ou

« je n'ai jamais été aussi fier de t'avoir comme fils »… Peut-être rajouterait-il que Lucas risquait de souffrir inutilement à vouloir ressasser le passé et particulièrement ce passé, celui interprété par des gens qui n'ont rien à voir avec eux et qui ne les connaissent pas. À ce sujet, Carlos aurait sûrement raison : la cassette ne mentionne-t-elle pas le mot DRAME ?

Tard dans la soirée, lorsque toute la famille est endormie, Lucas s'installe pourtant au salon. Il met la cassette dans le lecteur vidéo et hésite un long moment. Après tout, cela ne peut pas être pire que le dernier film d'horreur qu'il a regardé avec Manuel. Il s'enveloppe dans sa couverture et appuie sur la touche PLAY.

5

Les *balseros*

Le contact avec l'eau froide lui coupe le souffle. Il n'a pas le temps de fermer la bouche que la vague le submerge. Il réapparaît en crachant l'eau saumâtre. Ses yeux et son nez brûlent, ses poumons menacent d'éclater. L'éclair illumine avec violence les montagnes d'eau tout autour. Des cris de terreur, des noms hurlés et immédiatement enterrés par le tonnerre qui gronde sans répit. Une main qui sort de l'eau, qui s'accroche à la sienne. Des cheveux noirs, comme des algues, qui flottent. Un visage. Un visage si doux. Des lèvres bleuies qui murmurent : *Dis-leur que je voulais ce qu'il y a de mieux pour toi.* Puis un ultime *Je t'aime !* emporté par la déferlante. Et le cri qui refuse de sortir, qui l'étouffe, qui l'engloutit…

Lucas se réveille en sursaut, le cœur cognant durement dans sa poitrine. Son corps est trempé d'une sueur aigre, saline. Il prend une grande inspiration et l'expulse lentement. Comme il déteste se réveiller de cette façon. Il ne perçoit aucun mouvement dans la maison : il n'a donc pas crié, cette fois. Heureusement, car il n'aime pas devoir supporter la pitié dans les yeux de son père, alors qu'il lui demande si ce sont toujours les mêmes cauchemars qui le tourmentent. La lune dessine un trottoir lumineux sur le plancher ciré. L'adolescent ouvre les volets et respire l'air frais de la nuit. Les stridulations des insectes nocturnes ramènent lentement le calme en lui.

Le visage. Ce n'était pas celui de sa mère…

Lucas s'habille en silence. Il prend ses espadrilles et sort de sa chambre sur la pointe des pieds. La porte extérieure grince un peu, mais il s'en moque. Il est déjà loin, pédalant de toutes ses forces dans les rues de Banderas où l'ombre des maisons se projette sur le sol, sous la lumière de la lune. Rendu au port, il abandonne la route pavée et bifurque vers la mangrove. La plage apparaît, mince bande laiteuse entre deux zones sombres. Là seulement, il se permet de ralentir. Le son répétitif des vagues se brisant sur le sable lui rappelle le cauchemar de la nuit. La sensation est désagréable, mais nécessaire. Il ne peut ignorer la mer, elle fait partie de lui, comme de tous les habitants de l'île.

Après avoir caché son vélo à l'endroit habituel, il marche, pieds nus, dans la marée montante. Il atteint bientôt la crique dont il ne voit que les arbres les plus proches, le reste se fondant sous le couvert de l'obscurité. Il s'installe sur son arbre, couché à plat ventre sur l'écorce rugueuse. Du bout des doigts, il effleure l'eau tiède. Il se force à regarder la vague qui monte et descend, mais qui ne l'atteint jamais. Apprivoiser l'eau, même s'il l'a en horreur. Chasser la peur malsaine qui le prend après chacun de ses cauchemars. Faire comme le renard et le Petit Prince : s'asseoir loin et attendre. Revenir tous les jours. Être patient.

Le visage dans son cauchemar n'était pas celui de sa mère. Les cheveux noirs étaient plus courts, le regard moins triste. Et la voix, surtout… C'était celle de Louisa, la professeure québécoise. Pourquoi ? Pourquoi son subconscient lui vole-t-il la seule image de sa mère qu'il est encore capable de reconstituer ? Même s'il doit supporter l'horreur de ses cauchemars pour la voir, c'est le seul espace qui leur appartient à tous les deux. Il en veut maintenant à Louisa d'avoir volé la place de sa mère dans ses rêves.

La main bercée par le mouvement des vagues, Lucas s'endort d'un sommeil agité. Il est réveillé par des voix excitées, des ordres chuchotés. Le bruit sourd d'un objet qu'on met à l'eau. Le clapotis des vaguelettes. L'adolescent prend quelques secondes avant de se rappeler qu'il se trouve dans la crique, couché sur le tronc d'un arbre. Et que, non, ce n'est pas la répétition d'un de ses cauchemars. Les voix se font plus précises. Des voix jeunes, agressives, d'autres plus calmes, résolues. Il reconnaît soudain l'une de celles-ci et tout s'éclaire dans son esprit, en même temps que la peur s'empare de ses tripes. Les deux brutes qui l'ont pris à partie, la veille, en l'intimidant : ce sont eux ! D'après les ombres qui se profilent contre le ciel plus clair, ils font partie d'un petit groupe en train de monter dans une embarcation qui s'apprête à prendre la mer. Pas besoin d'un dessin pour savoir qu'ils vont essayer de se rendre aux États-Unis. Des *balseros*, des fous avides de rêves illusoires, qui préfèrent affronter les dangers bien réels de la mer plutôt que de se faire une raison et d'accepter de vivre sur l'île.

Voilà pourquoi ils se sont sentis menacés lorsque l'adolescent s'est mis à poser des questions sur la crique des *Balseros*. Les deux butors et plusieurs autres fuyards devaient tenter leur chance, ce soir même, et ils risquaient de se faire capturer par la police maritime qui inspecte toujours attentivement les côtes à la recherche de fugitifs. Ils ont eu peur que Lucas parle, que le héros national qui a toute l'attention du *Comandante* et de son armée les vende. Lucas se rend compte que même s'il ne dit rien et que l'embarcation des *balseros* est interceptée par la police, c'est lui qui portera l'odieux de leur échec. Et il écopera de la haine et du désir de vengeance des condamnés, lui, ou peut-être ses demi-frères… Lucas se recroqueville et gémit : «Non, pas mes frères !»

Soudain, le silence se fait. On n'entend plus que le fracas régulier des vagues sur la ligne de brisants. Lucas retient sa respiration. Une voix chuchote :

— Attention ! Il y a quelqu'un…

Une lampe de poche s'allume et son faisceau commence à fouiller l'obscurité, s'arrêtant brièvement sur Lucas, qui maudit intérieurement son choix vestimentaire : bermudas orange et t-shirt blanc.

— T'es fou ? On va se faire repérer, grogne le chef de l'expédition en arrachant la lampe des mains du guetteur.

— Je l'ai vu! Droit devant. Il est couché sur l'arbre, au ras de l'eau.

Lucas n'a que le temps de se glisser dans l'onde noire et, déjà, l'embarcation fonce sur lui. L'adolescent reste sous l'eau tout en se déplaçant vers le large. Au moment où il sent ses poumons prêts à exploser, il refait surface. Un poids énorme s'abat tout à coup sur ses épaules et l'entraîne vers le fond. Il se débat comme un diable, griffant, mordant, complètement paniqué. Puis il reçoit un coup solide derrière la tête. Abruti par la douleur, il sent qu'on le tire hors de l'eau. Poussé sans ménagement au fond du bateau, au travers des jambes et des corps entassés, il reste un long moment affalé.

— Oh! s'exclame la voix chevrotante d'une femme, mais ce n'est qu'un gamin!

— Non, se récrie le chef, furieux, c'est notre liberté qui vient de nous échapper. Il s'appelle Lucas Rodriguez, le chouchou du Président. Je savais qu'il nous causerait des ennuis. Il a dû avoir eu vent de quelque chose et a alerté les autorités. On va se faire cueillir par la police dès qu'on se pointera le nez hors de la baie.

Pour se défouler, il frappe Lucas dans les côtes. La barque menace de chavirer et l'homme se calme enfin.

— Alors, suggères-tu qu'on abandonne tout ?

— A-t-on le choix ? C'est ça ou bien moisir en prison deux ans, puis les travaux forcés et la surveillance à perpète. On retourne à la crique et on efface toutes les traces.

— Et qu'est-ce qu'on fait de lui ?

— On lui accroche une ancre aux pieds et on le passe par-dessus bord. Dans vingt-quatre heures, il ne restera plus qu'un squelette. La boucle sera enfin bouclée pour lui. Avec une histoire comme la sienne, on croira à un suicide.

— Noooon ! s'écrie à nouveau la dame. C'est un meurtre. On ne peut pas faire ça. Je ne t'ai pas élevé comme ça, Juanito.

— Je n'aurais jamais dû t'amener, belle-maman. Tu m'as toujours cassé les pieds. Et maintenant, tu prends la défense d'un traître.

Un murmure désapprobateur s'élève parmi les autres passagers. Toutefois, personne ne conteste ouvertement le chef, qui commence déjà à détacher la corde de l'ancre. Lucas reprend lentement ses esprits. Il proteste, la voix enrouée par l'eau salée :

— Je n'ai rien dit, je vous le jure. Je n'ai rien dit. Ne me tuez pas.

— À part ma belle-mère, il n'y a personne qui va te croire, ici. Tu auras beau jurer sur la tête de ton père, de tes frères, de ta mère décédée, le mal est fait. Tu nous as dénoncés et tu mérites le sort réservé aux traîtres.

— Mais, je vous jure que je n'ai rien dit. Je viens souvent ici. Je venais de faire un cauchemar et j'avais besoin de me changer les idées. J'ignorais que vous partiez aujourd'hui, sinon je ne serais jamais venu. Jusqu'à hier, je ne savais pas que cette crique était utilisée pour quitter l'île. Je n'avais rien compris à vos menaces. S'il vous plaît, libérez-moi. Je vous le répète, je n'ai pas parlé et je ne dirai rien à personne.

Une voix éraillée s'élève de l'arrière de l'embarcation. Un vieillard s'est mis debout, les jambes écartées pour contrebalancer les mouvements du bateau. Tous se taisent avec respect.

— Moi, je crois ce garçon, même si sa présence ici peut sembler suspecte. Tu sais, Juan, j'ai rêvé à ce jour toute ma vie. Ma fille et deux de mes frères m'attendent de l'autre côté du détroit. Je veux les revoir avant ma mort. C'est la quatrième fois que je tente de partir. À deux reprises, le moteur nous a laissés tomber et nous avons dû revenir, et la troisième fois, j'ai été arrêté par la police maritime. On m'a mis en prison, aux travaux forcés, mais jamais je n'ai oublié mon rêve. Je vais partir aujourd'hui, Juan, que ce soit avec ou sans toi. Ma vie s'achève et je n'ai plus de temps à perdre. Toi, tu es encore jeune, tu n'as pas à faire ce voyage tout de suite, si tu n'y crois pas. Aucun d'entre vous, d'ailleurs, n'est obligé de partir. Je vous demande seulement de retourner à la crique et de libérer Lucas. Puis je partirai avec ceux qui voudront tout de même tenter leur chance.

Les douze autres passagers demeurent silencieux, méditant le nouveau choix qui se présente à eux. Puis, on entend Juan mettre les rames à l'eau et souquer ferme en direction de la plage. Lorsqu'il reste quelques mètres à franchir, Lucas se jette à l'eau après avoir murmuré un fervent « merci » à l'homme qui vient de le sauver. Pendant qu'il nage contre le courant, il entend Juan lui rappeler :

— N'oublie pas, Lucas : je te tiens personnellement responsable si nous échouons. Pense à tes frères…

Quand l'adolescent atteint la butte de sable où il a caché sa bicyclette, il s'arrête, les jambes tremblantes. Avec un pincement au cœur, il perçoit le faible ronronnement du moteur hors-bord qui s'éloigne vers le large.

Lorsque Lucas se réveille, au matin, un vent féroce fait claquer les volets. Ses vêtements mouillés et imbibés de sel marin lui rappellent aussitôt son escapade de la nuit. Sous la douche, l'adolescent examine ses ecchymoses aux côtes. Malgré la douleur, il se frotte rudement au gant de crin, comme s'il voulait ainsi effacer les événements de la veille. Il peigne ses cheveux de manière à cacher l'hématome qui s'étale sur son front. Il en sera quitte pour un mal de tête lancinant, sans plus.

En se présentant dans la cuisine, il remarque que ses parents écoutent la radio locale avec une expression désolée. Le commentateur explique que treize *balseros* ont été capturés durant la nuit et qu'ils attendent, dans la prison de la ville, d'être jugés. Les rumeurs courent vite à Banderas : on dit qu'ils iront tous aux travaux forcés, sauf le plus âgé, qui a subi un infarctus après s'être jeté à l'eau lors de l'abordage. Il en était à sa quatrième tentative de quitter l'île. Il repose maintenant entre la vie et la mort à l'hôpital. Lucas blêmit et se précipite aux toilettes pour vomir. Carlos et Alicia se regardent, perplexes. Eux aussi ont mal pris la nouvelle, Alicia ayant un cousin parmi les passagers.

— Je n'aime pas ça, murmure Alicia. Il prend tout trop à cœur.

— C'est ça l'adolescence. Cela lui fait probablement remonter des souvenirs confus de son enfance. Ça lui passera, ne t'en fais pas.

— Peut-être devrait-on consulter un spécialiste? Une de mes amies voit un très bon psychologue. Je pourrais lui demander son adresse.

— Lucas n'est pas malade! objecte Carlos d'un ton sans réplique. Je suis son père et je sais ce dont il a besoin.

Lorsque Lucas sort des toilettes, le visage défait, personne ne passe de commentaires. L'adolescent se fait griller deux rôties tout en luttant contre les nausées. Alicia remarque les yeux cernés et les traits crispés de l'adolescent. Elle passe un bras autour des épaules du garçon.

— Tu es sûr que ça va aller, mon Lucas?

Pour toute réponse, il se dégage brusquement, ramasse son sac d'école et demande:

— Où sont Jai et Tonio?

— Dans la cour. Ils t'attendent, comme d'habitude. Pourquoi cette question?

— Rien. Tenez-les à l'œil, c'est tout.

— Pourquoi? Y a-t-il quelque chose qu'on devrait savoir? s'inquiète soudain Alicia.

— Euh… non! se reprend Lucas. Ce sont des gamins. Ils sont à l'âge des bêtises, c'est tout!

Lorsqu'il sort en claquant la porte, Alicia regarde Carlos droit dans les yeux.

— C'est ton fils, tu t'en occupes. Mais s'il arrive quoi que ce soit à mes enfants, je ne te le pardonnerai jamais !

En soupirant, Carlos la serre dans ses bras.

— Ce sont les miens aussi, ne l'oublie pas. Je vais en parler avec Enrique et Leandro. Ils devraient pouvoir me dire qui Lucas fréquente en ce moment et à quel endroit il se tient. Et je vais leur suggérer de renforcer la garde des garçons.

— Tu vas parler à Lucas ?

— Bien sûr. Ce soir.

Sur le chemin de l'école, Lucas surveille nerveusement les environs et les passants, se retournant pour vérifier qu'Enrique ne soit pas trop loin. Il n'accepte aucun écart de conduite de ses demi-frères, les rappelant constamment près de lui lorsqu'ils s'éloignent, leur demandant de ne pas crier, de ne pas courir. Les gamins le regardent avec un drôle d'air, intrigués par ce comportement inhabituel. Ce n'est que lorsqu'il les laisse devant l'école que tous poussent un soupir de soulagement.

En classe, Lucas est tellement tourmenté qu'il commet maladresse sur maladresse, attirant, malgré lui, l'attention de tous. Son visage livide inquiète son professeur d'histoire, qui le retient après la classe. La main sur l'épaule de l'adolescent, il le force à lever les yeux vers lui.

— Veux-tu me dire, Lucas, ce que tu as aujourd'hui ?

— Rien, répond l'adolescent d'un ton sec, qu'il essaie pourtant d'adoucir avec un sourire crispé.

— C'est un rien qui paraît bien lourd à porter, mon grand. Est-ce que cela a quelque chose à voir avec notre discussion d'hier ?

Le regard fuyant, Lucas murmure un faible « non ».

Le professeur soupire et se tourne vers une grande carte murale de l'île de Cuba. Avec son doigt, il montre la crique des *Balseros* et commence à parler comme s'il donnait un cours :

— Cuba possède sept mille kilomètres de côtes et plus de deux cents baies. Malgré cela, la crique des *Balseros* est l'un des endroits les plus utilisés pour fuir clandestinement l'île. La mangrove facilite l'embarquement des passagers et une fracture dans la barrière de corail permet de sortir aisément de la ligne de brisants. Ce n'est un secret pour personne, enfin, pour personne qui a déjà eu l'idée de partir. Ce que certains *balseros* ne savent pas, ou cherchent à ignorer, c'est que cette crique est aussi une des zones les plus surveillées de l'île. Officieusement, depuis deux ans, un seul bateau a réussi à passer sans être pris. Quinze embarcations ont été arraisonnées. Les gens qui ont tenté de fuir la nuit dernière étaient probablement sans expérience : ils auraient dû attendre une nuit sans lune. Tu connaissais quelqu'un parmi les passagers ?

Lucas demeure silencieux, mais le regard qu'il lance au professeur est si noir que ce dernier tressaille.

— Les prévisions météorologiques ne sont pas bonnes aujourd'hui. Avec ce vent, aucun des *balseros* qui ont été pris hier soir n'aurait pu se rendre bien loin. Il faut être un marin chevronné pour ne pas faire naufrage dans de telles conditions… Au moins, dis-toi que personne n'est mort, Lucas. S'ils sont assez fous pour recommencer, ils seront plus prudents la prochaine fois.

Lucas hausse les épaules et sort de la classe. Sa mère aurait-elle pu survivre, si quelqu'un avait, tout comme lui hier soir, gâché son départ. Et si la police maritime avait contrôlé la crique des *Balseros*, ce soir de novembre 1999 ? Il chasse l'idée sournoise qui germe dans son esprit : si les *balseros* d'hier soir avaient fait naufrage, Juan ne pourrait pas mettre ses menaces à exécution et les ennuis de Lucas ne seraient plus qu'un mauvais souvenir. Mais personne n'est mort. Donc, le problème demeure entier. Juan peut encore trouver le moyen de s'en prendre à Tonio et Jai.

Lorsqu'il reconnaît ses frères devant l'école primaire, Lucas sent son cœur se serrer. Il fera tout pour ne pas les perdre. Mais par où doit-il commencer? Vers qui peut-il se tourner? L'adolescent est convaincu qu'il existe un âge où prendre ses responsabilités devient une obligation et il a l'impression qu'il se conduirait en enfant s'il ne réglait pas lui-même ses problèmes. Mais depuis quelques jours, il a la pénible sensation que chacun de ses gestes l'enlise plus profondément dans des sables mouvants. Il n'ose demander l'aide de personne et doute même qu'il soit possible de se sortir de cette impasse. Mais surtout, il craint de mettre ses frères en danger en cherchant assistance.

Alors qu'il marche quelques mètres derrière Enrique, il aperçoit le panneau signalant la direction de l'hôpital. L'image du vieil homme se levant dans la barque pour prendre sa défense vient le frapper comme un éclair. Il doit absolument retrouver cet homme.

6

Trois rencontres
et une lettre

Après le souper, Lucas réussit à déjouer la surveillance de ses gardes dans le dédale des rues de la ville. Lorsqu'il est certain d'être seul, il prend la direction de l'hôpital. Le bâtiment austère, aux murs décrépis, ressemble plus à un édifice administratif qu'à un centre hospitalier. À l'intérieur, cependant, les civières, l'odeur d'antiseptique et les planchers cirés lui rappellent vaguement l'hôpital dans lequel il s'est réveillé, huit ans plus tôt. À l'accueil, l'infirmière le regarde approcher avec un air sévère. Il demande à voir l'homme qui a été recueilli durant la nuit.

— Lequel ?

— Le… euh… enfin, le *balsero*, chuchote-t-il, conscient d'avoir utilisé un mot tabou. Il était passager du bateau… vous savez… hier soir…

— Vous êtes un parent?

— Euh… pas vraiment…

— Bien sûr qu'il est un parent, réplique une vieille dame au chapeau fleuri qui arrive derrière l'adolescent. Il vient voir son grand-oncle Alberto. Je t'y amène, mon garçon. Contente que tu te sois déplacé. Alberto sera très heureux de ta visite.

D'un geste autoritaire, elle pousse Lucas vers la porte 17 et l'introduit dans la chambre. Au moment où il se retourne pour interroger la dame, il se rend compte qu'elle a disparu. Lucas avance lentement vers le lit, impressionné de voir autant de machines connectées à la même personne. C'est à peine s'il reconnaît l'homme de l'embarcation dans ce corps engoncé dans le matelas et ce visage aussi blanc que les draps. Mal à l'aise, Lucas touche le bras de l'aîné et murmure:

— Monsieur Alberto, m'entendez-vous?

Les lèvres d'Alberto remuent sans qu'aucun son en sorte, puis ses yeux s'ouvrent. Un pâle sourire apparaît.

— Lucas! Je t'attendais…

L'adolescent se rapproche en disant:

— Je suis désolé, monsieur…

— Pourquoi? Tu n'es pas responsable de ce qui m'arrive. Ni aux autres, non plus.

— Ce n'est pas ce que croit Juan. Il m'en veut. Il a dit qu'il s'en prendrait à mes frères.

— Juan est encore jeune, c'est un grand parleur. Mais il est doux comme un agneau. Il ne fera rien, il me l'a promis. C'est mon petit-fils.

Lucas aimerait croire le vieil homme, mais la peur reste coincée dans ses tripes. Qu'est-ce qu'une parole donnée à un homme si près de la mort? Après avoir réclamé à boire, le grand-père continue:

— Juan sait très bien que ce n'est pas ta faute. On a frappé un récif avec le moteur et Juan a dû sauter à l'eau pour redresser l'hélice. Comme il n'y arrivait pas tout seul, je suis allé l'aider. Ah! je ne suis plus aussi jeune que je le croyais! L'eau était froide, j'ai eu un malaise. Quelqu'un a allumé la lampe de poche pour me sortir de là et c'est à ce moment que la police nous a repérés. De toute façon, nous n'aurions pas pu aller plus loin, le moteur était inutilisable.

— Mais Juan est persuadé que c'est moi qui ai alerté les garde-côtes.

— Je leur ai posé la question, devant Juan. Ils m'ont affirmé qu'ils patrouillent à cet endroit toutes les nuits et que c'est la lumière de la lampe qui les a alertés. Si tu en doutes encore, moi non: je n'aurais pas survécu s'ils ne m'avaient pas repêché. Et nous aurions tous coulé, avec la tempête qui s'est levée ce matin. Leur intervention a été une bénédiction, qu'elle soit due à toi ou au hasard. C'est ce que j'ai fait comprendre à Juan.

— Mais… votre rêve de partir?

— Tu sais, Lucas, parfois les rêves ne sont que des illusions. On imagine que la vie est plus belle et plus facile ailleurs. J'ai pris du temps à l'admettre, mais je sais maintenant que ma famille est ici, même si elle est divisée. Et j'ai des petits-enfants, Juan en particulier, qui ont encore besoin de leur grand-père.

C'est comme si une chape de plomb venait de glisser des épaules de Lucas. Il serre la main de l'homme, trop bouleversé pour parler. En lui donnant congé, Alberto dit encore:

— Tu sais, la petite dame au chapeau fleuri, elle aimerait bien te rencontrer. Fais-moi plaisir et va la voir. Elle habite la maison verte à côté de l'hôpital.

Lorsque Lucas cogne à la porte du modeste logis, une voix se fait entendre venant de la cour arrière:

— Entre, Lucas! J'arrive tout de suite.

L'adolescent pénètre dans un minuscule salon encombré de bibelots et de cadres. Une odeur d'encens flotte dans l'air. Dans un coin, un petit autel est illuminé par des chandelles. Tout autour sont disposés une icône de la Vierge noire[15], des statuettes de différents *orishas*[16], des plumes, des cailloux, des bijoux en coquillages, des fruits, des flacons de parfum et de petits vases contenant un liquide incolore. Un bric-à-brac digne d'un marché aux puces. Son attention est attirée par des photos, au-dessus de l'autel. Sur une de celles-ci figure une adolescente aux longs cheveux noirs et aux yeux tristes, qui tient une jeune fille par le cou.

— Luella était la meilleure amie de ma fille Rosita, déclare la vieille dame qui vient d'apparaître dans la pièce avec un plateau sur lequel sont déposés des verres de limonade et une assiette remplie de biscuits. J'ai bien connu ta mère, car elle venait ici tous les

15. La Vierge noire de Cobre, ou Vierge de la Charité, est une représentation de la Vierge avec le visage noir, portant l'Enfant Jésus blanc dans ses bras. Patronne de l'île, elle est très importante pour les Cubains qui la vénèrent, qu'ils soient croyants ou non.

16. Les *orishas* sont les dieux de la *santeria*, une religion originaire de l'Afrique du Sud-Ouest et pratiquée par les esclaves déportés dans les Caraïbes. La *santeria* a beaucoup de similitudes avec la religion catholique, qui a été imposée par les Espagnols. Chaque *orisha* correspond à un saint.

jours. Je trouve que tu lui ressembles beaucoup.

— Est-ce que Rosita est... décédée, elle
aussi ?

— Oh non ! Mais je ne l'ai pas vue depuis
huit longues années.

— Moi non plus, je n'ai pas vu ma mère
depuis huit ans.

— Je sais. Rosita et Luella sont parties sur
le même bateau. Rosita a survécu au naufrage,
comme toi. Maintenant, elle vit à Miami.

— Elle a été plus chanceuse que ma mère,
ajoute Lucas dans un soupir.

— Elle m'envoie des lettres de temps en
temps. Elle est mariée et elle a trois beaux
enfants. Son aîné s'appelle Lucas.

— Comme moi ?

— Oui, mais surtout à cause de toi.
Savais-tu que j'ai beaucoup invoqué ton *orisha*
Yemaya ? Tu connais ton *orisha*, au moins ?
Marie, la Vierge de Regla, la Mère des pois-
sons, l'Étoile de la mer ? Non ?

— Euh... non, je regrette.

— Quoi ? Ton père ne t'en a jamais
parlé ? Il est bien gentil, le Carlos, mais pour
ce qui est des choses du cœur, rien ne vaut
une femme...

Lucas fait la moue.

— Oh ! vous savez, moi et la religion...

— Comprends-tu seulement pourquoi tu as eu tant d'influence, ici et aux États-Unis? Pourquoi des milliers de gens se rassemblaient pour prier devant la maison de ton grand-oncle, à Miami?

Lucas secoue la tête. Il y avait de telles photos dans les travaux des élèves québécois, des gens à genoux devant la maison, des bougies allumées, des statues et des images pieuses, mais il n'y avait pas vraiment prêté attention. Vince en avait aussi parlé dans sa lettre. Par contre, les photos des manifestations monstres tenues à Cuba, celles-là, il les avait remarquées. Sa figure apparaissait sur tous les t-shirts des participants, ainsi que sur de grandes banderoles où il était écrit : «Sauvez Lucas!»

— C'est un miracle que tu aies survécu à ce naufrage, fiston. Et le mot n'est pas trop fort. Les médecins n'avaient jamais vu ça. Trois jours à flotter dans les eaux froides du détroit infestées de requins et tu n'avais aucune morsure, aucune égratignure, pas de brûlures dues au soleil et tu étais à peine déshydraté. Tu leur as dit que des dauphins avaient chassé les requins et poussé ta bouée vers la côte. Un peu partout, il y a eu des témoignages de gens affirmant avoir eu des visions de toi avec la Vierge. Tu es apparu comme le Sauveur...

— Le Sauveur, moi? Je venais d'avoir six ans. Et le sauveur de quoi, au juste?

— Tu te rappelles l'histoire de Moïse dans l'Ancien Testament?

— Oui, je l'ai apprise à l'école. Il a été sauvé des eaux du Nil et adopté par la fille du pharaon.

— Ce qu'il y a de plus important dans ce récit, c'est que Moïse a été sauvé pour changer l'histoire des Hébreux. Il les a libérés de quarante ans d'esclavage en Égypte pour les amener en Israël, la terre promise. En toi, on a vu l'enfant sauvé des eaux, le libérateur des Cubains qui étaient alors en exil, loin de Cuba, depuis une quarantaine d'années.

— Pourquoi ces gens sont-ils partis, alors? Ils ont quitté Cuba et maintenant ils le regrettent?

— Oui, Lucas. Beaucoup de ceux qui sont partis désirent revenir. Ce n'est pas qu'ils ne vivent pas bien aux États-Unis, mais ils sont tiraillés entre leur pays d'origine et leur terre d'accueil. Leurs familles sont brisées, ils ne peuvent se voir que très rarement. Ils attendent.

— Qu'attendent-ils?

— D'avoir le droit de rentrer au pays. Lorsque tu quittes Cuba, tu deviens un déserteur, tu n'es plus considéré comme un Cubain.

Peut-être cela changera-t-il avec le prochain gouvernement, personne ne le sait. C'est pourquoi tu étais si important pour eux et qu'ils te priaient. Tu étais vu comme un messager divin dont la mission était de ramener la liberté au peuple cubain.

Lucas reste pensif un long moment. Décidément, la charge qu'on avait mise sur ses épaules était énorme pour un petit garçon de six ans. Rien de moins que de sauver les exilés cubains. Il pouvait bien en garder un souvenir désagréable...

— Cela n'explique pas pourquoi le *Comandante* me porte autant d'attention.

— Certains, parmi les exilés, pensaient que tu avais le pouvoir de le destituer de son poste. Que ton aura divine allait le foudroyer. Que le *Comandante* s'intéressait à toi uniquement parce que tu lui faisais peur et qu'il était préférable pour lui de t'avoir à ses côtés plutôt que contre lui. Ici, à Cuba, tu étais aussi vénéré qu'aux États-Unis, mais pour une autre raison : tu étais le symbole vivant de la lutte contre l'impérialisme américain. On te gardait soi-disant prisonnier à Miami, contre ton gré et contre celui de ton père, de qui tu as toujours été le fils, même s'il ne vivait plus avec ta mère. On affirmait que les droits parentaux avaient été bafoués et notre Président a lutté jusqu'à ce que tu sois rapatrié ici, dans ta «vraie» famille.

Prisonnier. Il n'avait jamais eu cette impression lorsqu'il était à Miami. Bien sûr, la trame de ses souvenirs s'était décousue avec le temps, mais il ne gardait pas un arrière-goût amer de sa «captivité», ni de sa «fausse» famille, d'ailleurs. Tout le contraire de la nuit où des hommes armés l'avaient pris de force. Dans un nuage de gaz qui les étouffait, Lucas et ceux qui l'avaient recueilli avaient été menacés, piétinés comme du bétail. C'est une image qu'il avait enfouie au plus profond de sa mémoire.

Soudain, une pensée dérangeante traverse l'esprit de l'adolescent : sa mère n'avait songé qu'à son propre bonheur. Elle avait misé sur sa chance en l'amenant avec elle, mais elle avait perdu au jeu. Elle était morte, le laissant seul pour affronter la vie, pour se battre contre des fantômes qui le harcelaient depuis ce jour. Avait-elle mis tout cela dans la balance avant de prendre sa décision ? Sûrement pas. Comme tous ceux qui partent en laissant derrière eux des proches, des gens aimés. Qu'ils réussissent ou non leur traversée, ils meurent toujours pour quelqu'un d'une certaine façon...

La main sur la poignée de la porte, Lucas demande encore à la dame :

— Je ne comprends pas. Si les exilés cubains sont aussi malheureux et veulent revenir à Cuba, pourquoi ma mère a-t-elle décidé de partir quand même, en m'entraînant avec elle? Elle ne m'aimait pas?

La petite dame au chapeau s'approche de Lucas et le prend dans ses bras. Elle murmure :

— Oh! mon garçon, ne crois jamais une telle chose. Luella t'adorait. Elle ne voulait que ce qu'il y a de mieux pour toi et elle pensait qu'en t'amenant là-bas, ta vie serait plus facile. Il y a forcément une raison pour laquelle tu as survécu. Peut-être ne la comprends-tu pas aujourd'hui, mais aie confiance, cela viendra. En attendant, s'il y a quelque chose dont tu ne dois pas douter, c'est bien de l'amour de ta mère. N'en doute jamais, Lucas…

De retour à la maison, encore chaviré par ce qu'il vient d'entendre, Lucas s'enferme dans sa chambre, refusant de répondre aux questions pressantes d'Alicia. Il s'assoit sur son lit, essayant de mettre de l'ordre dans ses émotions. La meilleure nouvelle de la journée est que ses demi-frères sont en sécurité, relativement du moins, tant que Juan est en prison ou occupé aux travaux forcés. D'après Alberto, Juan est un bon diable. Le sera-t-il toujours lorsqu'il se sera acquitté de sa peine ? Sa rancune aura-t-elle augmenté avec le temps passé à servir l'État ? De cela, Lucas ne peut être sûr. Mais au moins, ses demi-frères seront plus grands dans quelques années et plus aptes à se défendre eux-mêmes.

La discussion qu'il a eue avec la vieille dame l'a bouleversé plus qu'il ne l'aurait cru. Il ne saisit toujours pas pourquoi sa mère a pris cette terrible décision de quitter Cuba. Mais peut-être ne le saura-t-il jamais…

Sur sa commode traîne la lettre de Manuel. Il est peut-être temps de lui répondre et d'exiger des explications. De lui dire qu'on n'abandonne pas un ami comme une vieille chaussette. L'adolescent relit lentement la lettre.

¡ Hola amigo !

*C'est moi, ton pote Manuel. **Je** t'écris pour **te** dire comme c'est bien ici. Je ne **trouv**e pas beaucoup d**e** temps pour t'écrire, **ca**r une activité n'attend pas l'aut**re**. Nou**s** sommes, **d**e plus, bien no**ur**ris et b**i**en logés et les **c**opains sont sympat**h**iques. **J**'ai fait le voyag**e** san**s** p**r**oblèmes et il y avait s**uff**isamment de place pou**r** tout l**e** mon**de** dans le bus. J'apprends **le** fr**a**nçai**s**, mais ce n'es**t***

*pas facile. Cher ami, tu aurais sûre-
ment aimé voir les collines
escarpées sous la lune, les vieilles
vaches aux yeux noirs et les
superbes motos Harley traitées
avec plus de soins que les chiens de
ma tante Santuis. Pas le temps,
copain, de tout t'expliquer, tu sais
combien les minutes nous sont
comptées. De tous mes amis, Paco,
c'est toi que j'apprécie le plus, et je
tiens à notre amitié, malgré la distance qui nous sépare. Bonjour à
Jai et à Tonio.*

Manolo

Quelque chose cloche. Ce n'est tellement
pas logique, ce qu'il écrit. À la deuxième
lecture, Lucas comprend enfin. Non, Manolo
n'est pas tombé sur la tête. Il n'est pas en
train de se vanter de sa nouvelle vie et il ne
l'a pas abandonné. Il a utilisé un code, parce
qu'il savait, lui, que sa missive pouvait être
ouverte et lue par d'autres personnes.
Contrairement à ce que Lucas croyait, les
lettres plus foncées n'ont rien d'accidentel et
ne sont pas dues à l'utilisation d'un stylo de
mauvaise qualité. Fébrilement, l'adolescent
commence à déchiffrer le message en
extrayant les lettres foncées.

*JetrouvecatresduriciJesouffredelasthmee
tlesplusvieux*

*nousmaltraitentSaisPascombienDetemP
sjétiendrai*

Puis il retranscrit le texte logiquement :
«*Je trouve ça très dur ici. Je souffre de
l'asthme et les plus vieux nous maltraitent.
Sais pas combien de temps je tiendrai.*»

Incrédule, Lucas relit plusieurs fois le
message codé, furieux de n'avoir rien vu la
première fois. Son copain l'appelle à l'aide
et lui le traite d'égoïste. Il se frapperait pour
son inconscience. *Sais pas combien de temps
je tiendrai*, a-t-il écrit. Manuel a lancé ce cri
d'alarme il y a environ deux semaines, si on
tient compte de la lenteur de la poste. Et
depuis, pas de nouvelles. Est-il déjà trop tard ?

Au matin, Lucas se lève, résolu. Son plan
est simple : sortir Manuel de Papamosca. Le
sauver de cet enfer. Mais d'abord, il doit ques-
tionner les parents de son ami. Peut-être sont-
ils au courant de quelque chose ?

La cuisine est déserte. Carlos et Alicia
sont partis au marché comme tous les
samedis. Ses demi-frères les accompagnent.
Puisque Lucas a l'habitude de dormir tard,

ce jour-là, les gardes ont l'avant-midi libre. L'adolescent remplit son sac à dos : deux t-shirts, un pantalon, un coupe-vent et toutes ses économies : 200 pesos cubains[17]. Après réflexion, il ajoute les travaux des élèves de Louisa. Autrement, Manuel ne le croirait jamais… Dans la cuisine, il prend des fruits, un gros morceau de pain rassis et une bouteille d'eau. Puis, il laisse sur la table une note à l'intention de ses parents :

« Ne vous inquiétez pas. Je pars quelques jours. Manuel a besoin de moi. »

Non, pense-t-il aussitôt, *le message est trop clair*. Un simple appel téléphonique et les policiers le cueilleront sur le chemin de Papamosca, avant même qu'il n'ait eu le temps de voir son copain. Il vaudrait mieux appeler Carlos et Alicia une fois rendu à destination. Il déchire donc la feuille et écrit simplement :

« Ne vous inquiétez pas. Je serai de retour dans quelques jours. Lucas »

La maison de Manuel est située hors des limites de la ville, dans les terres fertiles de l'intérieur de l'île. Immédiatement, Lucas sent

---

17. Environ 10 dollars.

la différence de climat : il a l'impression de respirer dans un four. C'est la première fois qu'il se rend chez son copain en bicyclette et il comprend tout à coup pourquoi Manuel arrivait souvent en retard à leurs rendez-vous, et rouge comme une langouste bouillie. Pourtant, son ami ne s'en est jamais plaint.

La ferme est petite, mais propre. Le *bohío*, maisonnette construite en bois de palmier royal, ressemble à toutes les habitations des paysans de l'île. De grandes ouvertures sans vitres laissent entrer le vent, mais aussi la poussière et les insectes. Le soleil, quant à lui, est tenu en respect par les longues palmes qui recouvrent le toit et qui débordent de chaque côté des murs. Des poules, quelques chèvres et deux bœufs décharnés occupent le centre de la cour, à l'ombre d'un énorme *ceiba*[18]. Dans un coin, près d'un tas de fumier, le pot d'échappement d'un vieux tracteur exhale un nuage de fumée noire. Lucas se dirige vers le père de Manuel, dont la tête disparaît sous le capot du véhicule. Le moteur s'arrête finalement en toussant. Un juron se fait entendre.

— Excusez-moi, monsieur Fernandez !

---

18. Baobab. Arbre immense qui, à Cuba, ne peut être abattu, car il est protégé par la croyance selon laquelle il possède une âme.

Le fermier a un brusque mouvement de recul.

— Ouais, que veux-tu ?

Puis, reconnaissant Lucas, il dit plus doucement :

— ¡ *Hola* Lucas ! Ça va ? Ta famille est en santé ? Tu arrives à un bien mauvais moment : le tracteur vient de rendre l'âme.

— Pourrez-vous le réparer ?

— Pas cette fois, j'en ai bien peur. Les pièces sont introuvables. Si tu t'y connais en miracles, prie pour qu'il revive !

— Je suis désolé…

— Ce n'est pas grave, garçon. Il fallait s'y attendre. Ce tracteur roule depuis 1940. Il va falloir que j'attelle les bœufs.

— Ils peuvent encore travailler ?

— Je l'espère. C'est cela ou bien je m'attelle moi-même. Dommage que Manuel soit parti…

Lucas frémit. Il imagine son copain transformé en bête de somme, lui dont la santé est si fragile. Le fermier sourit malicieusement.

— Qu'est-ce que tu fais, aussi loin de chez toi ? Tu sais bien que Manuel n'est pas à la maison.

— J'aimerais savoir si vous avez eu des nouvelles récentes de lui. La dernière lettre qu'il m'a adressée date de plus de deux semaines.

— Alors, compte-toi chanceux. Nous n'en avons pas eu plus que toi.

— Ah non? Et cela ne vous inquiète pas?

— Pourquoi? Manuel est logé, il mange à sa faim. On lui enseigne à faire des choses qu'il n'aurait jamais apprises ici. Il semblait très heureux d'y être, dans son dernier courrier. Je ne peux pas en dire autant. L'ouvrage s'accumule, ici...

Lucas tâte la lettre qu'il a gardée dans la poche de son pantalon. Il hésite, puis se décide:

— C'est ce que je croyais, moi aussi, mais...

— Allons, Lucas, le coupe le fermier. Je vois bien que ton copain te manque, mais tu devras apprendre à t'en passer. Il a refait sa vie là-bas, il a de nouveaux amis. Au lieu de t'en faire, sois heureux pour lui. Il n'a jamais eu beaucoup de chance...

L'homme s'est interrompu, retenant sans doute le «lui» qui aurait conclu sa pensée. *Bien sûr*, se dit Lucas, *les gens s'imaginent toujours que, contrairement aux autres, j'ai eu beaucoup de chance.* Il aurait donné cher pour ne pas avoir ce genre de chance.

— Va voir ma femme, elle te donnera un verre de limonade. Ensuite, retourne vite chez toi avant que le soleil ne soit trop haut. Et dis bonjour à tes parents de ma part!

Sans s'attarder, Lucas enfourche son vélo et reprend la route de terre rouge. *Tu devras apprendre à t'en passer*, a dit le père de Manuel. Comme si son fils était une simple chose qu'on peut oublier ou remplacer, tel un vieux tracteur. Voyons! Quel sans-cœur peut s'exprimer ainsi à propos de son fils? Et lui, Lucas, devrait être heureux pour Manuel? Si ce dernier continue à travailler sous ce soleil de plomb, dans la poussière des champs, il risque de tomber vraiment malade à cause de son asthme... et s'il ne s'en remettait pas? Des gens meurent de l'asthme, et pas seulement des personnes âgées. Les parents de Manuel sont-ils conscients de ses problèmes, ou bien font-ils semblant de ne pas les voir? Manuel leur a-t-il révélé sa situation, ou pense-t-il que ses parents ne pourraient rien faire pour lui, faute d'argent ou... de pouvoir? Pourquoi Manuel l'a-t-il choisi, lui, Lucas Rodriguez?

L'adolescent monte une longue côte qui rejoint la route principale. Arrivé en haut, il s'arrête pour souffler. Aussi loin que porte son regard, il ne voit que des champs cultivés, des bêtes qui paissent, des étendues boisées, des plantations de canne à sucre, des petits *bohíos*. C'est l'avenir de Manuel s'il reste chez lui, s'il suit les traces de son père. Existe-t-il une autre destinée pour son ami ? Le garçon a-t-il le droit d'envisager une meilleure vie ?

Tout est clair pour Lucas, maintenant. Manuel l'a choisi parce qu'il est son ami. Parce que, s'il y a quelqu'un qui peut faire la différence, c'est bien lui, et personne d'autre. Sans hésiter, l'adolescent prend la direction de Papamosca.

7
Josélita

Lucas a copié le chemin à suivre sur une vieille carte routière, oubliée par un étranger au restaurant dans lequel son père travaille. Avec une ficelle, il a calculé la distance à franchir jusqu'à la Sierra del Escambray, où le minuscule village de Papamosca est établi : près de 240 kilomètres. Beaucoup trop pour ses jambes de cycliste d'occasion et pour le temps dont il dispose. L'autre solution, c'est la *wawa*, le moyen de transport habituel des Cubains, c'est-à-dire un autobus ou tout autre véhicule motorisé sur quatre roues. Ces derniers sont toujours débordants d'humains, de vélos et d'animaux de ferme. Lucas espère en rencontrer un, mais il aimerait par-dessus tout voyager dans une vraie voiture, un de ces récents modèles introduits sur l'île pour répondre aux besoins des touristes.

Toute la matinée, Lucas roule sur la route quasi déserte. Sur son vélo, l'adolescent n'est dépassé que par quelques «Américaines[19]» rafistolées, toujours remplies à pleine capacité. Il consulte fréquemment sa montre, inquiet de ne pas trouver un transport rapide vers Papamosca. Il regrette de n'avoir pu vérifier l'horaire des autobus, mais pour cela, il aurait dû demander sa destination à quelqu'un. Connu comme il l'est à Banderas, la nouvelle de sa fugue aurait vite fait le tour de la ville. Mais ici, au milieu de nulle part, qui est-il? C'est avec un peu de nervosité qu'il aborde son premier étranger. L'homme marche au rythme de son âne qui tire une pleine charrette d'ananas.

— ¡ *Hola señor* ! Savez-vous si un autobus passera bientôt par ici?

— Pas avant ce soir. Tu dois aller à la croisée des chemins, il en passe plus souvent. Tu vas loin comme ça?

— Euh… oui, plutôt loin, répond vaguement Lucas.

— Alors, partage cet ananas avec moi. La route donne chaud, à cette heure.

---

19. Voitures américaines, généralement des modèles de luxe datant d'avant la révolution. Les pièces de rechange n'étant pas disponibles, elles sont conservées en état avec beaucoup d'ingéniosité. Les propriétaires de ces véhicules y sont très attachés.

Lucas remercie l'homme en pensant que, pour une fois, ce n'est pas Lucas Rodriguez qui partage la collation de ce paysan, mais bien un jeune voyageur quelconque. Cette pensée le rassure et il poursuit gaiement sa route.

Il arrive enfin au carrefour. Sur une pancarte dont la peinture est brûlée par le soleil, il lit : Jovellanos, Colon et Santa Clara à gauche, Matanzas et La Havane à droite. Il consulte sa carte. Avec dépit, il se rend compte qu'il n'a franchi qu'une vingtaine de kilomètres au cours de l'avant-midi. À peine le dixième de son parcours. Le moral au plus bas, Lucas s'assoit à l'ombre d'un ficus et sort les provisions de son sac. Les fruits sont gâtés par la chaleur. Il les lance dans le bois et mord avec rage dans son croûton de pain rassis. Il vide d'une gorgée la moitié de sa bouteille d'eau tout en regardant la route brûlante qui s'étend à perte de vue. Aura-t-il le courage de se rendre jusqu'au bout ?

Après un long moment passé à se demander s'il ne devrait pas plutôt retourner à la maison, Lucas discerne enfin un bruit de pétarade dans le lointain. Il grimpe dans les branches basses d'un arbre et observe la route. Un sourire se dessine sur ses lèvres. Oui, il ira à Papamosca !

Lorsque la *wawa* s'immobilise devant l'adolescent, les passagers soupirent et se tassent un peu plus. Le chauffeur demande les dix pesos pour aller jusqu'à Santa Clara. Lucas empoigne son vélo et monte la première marche.

— Non, non, pas le vélo ! Il n'y a pas de place pour cela.

— Même pas sur le toit ? s'enquiert Lucas en désignant la montagne d'objets et de boîtes sommairement fixés sur le porte-bagages.

— À moins que tu veuilles le tenir toi-même, non !

— Mais je ne peux pas le laisser ici, j'en ai besoin.

— Dans ce cas, prends le prochain bus, tu auras peut-être plus de chance...

Lucas regarde son vélo, la route sur laquelle miroitent de dangereux mirages et l'autobus croulant rempli à craquer. Il risque d'attendre longtemps le prochain transport et de ne jamais aller à Papamosca... Finalement, il dit au conducteur :

— Un instant... je vais attacher mon vélo à un arbre.

— Fais ça vite, garçon. Ma femme cuisine le meilleur *congri*[20] de l'île et elle n'a aucune patience... Allez hop !

---

20. Repas typique cubain constitué de riz, de fèves noires et de poisson blanc.

Lucas se faufile vers l'arrière de l'autobus et déniche une place entre des cages à poulets et un touriste avec son énorme sac à dos. Debout, la calotte enfoncée sur les yeux, l'adolescent essaie de cacher son inexpérience et son angoisse d'être reconnu. Quelques voyageurs sourient vaguement en le voyant perdre l'équilibre dans un virage serré, mais personne ne tente d'engager la conversation. Tous sont abrutis par la chaleur et les soubresauts du véhicule. Lucas se cale, dos à la foule, en essayant d'imaginer comment Manuel va le recevoir, et le plaisir de le revoir. Un nuage assombrit soudain cette vision : et si Manuel n'était plus à Papamosca ? Si on l'avait envoyé ailleurs ou s'il se trouvait à l'hôpital, ou pire… ?

— Salut ? Comment t'appelles-tu ?

Lucas se retourne avec un sursaut d'humeur. Il dévisage la jeune fille qui vient d'émerger de la masse compacte des passagers.

— Moi, c'est Josélita, mais tout le monde m'appelle Jo. Où vas-tu comme ça ?

Josélita porte un sac à dos en toile d'où émergent des gamelles, une gourde de l'armée et une couverture grise élimée. Une voyageuse chevronnée, de toute évidence. D'un léger mouvement de tête, elle balance ses longs cheveux noirs afin de dégager ses yeux, également noirs. Un délicat parfum de lilas envahit l'air saturé de l'autobus. Lucas fixe l'apparition sans parvenir à en détacher son regard. Il ouvre et ferme la bouche comme un poisson cherchant son air.

— Euh… sa…lut, arrive-t-il à bégayer. Je m'appelle… euh… Marco. Je vais à…

L'adolescent s'interrompt. Ce prénom, il se l'est forgé pour éviter les embêtements, comme avec l'enseignante Louisa. Mais peut-il révéler sa destination à cette inconnue ? Sa fugue risque-t-elle d'être dénoncée aux policiers, qui ne tarderont pas à se mettre à sa recherche ? C'est une inconnue, certes, mais Lucas lui trouve déjà plusieurs qualités : d'abord, elle ne l'a pas reconnu et ne sait pas qu'il est Lucas Rodriguez. Ensuite, d'après son sac à dos, elle semble être une habituée de la route. Enfin, la dernière raison, non la moindre : *Madre de Dios*, qu'elle est belle !

— À Papamosca, dit-il finalement, en baissant la voix.

— Où ça ? Je ne connais pas.

— C'est dans la Sierra del Escambray, un minuscule village qui n'est probablement sur aucune carte.

Elle le détaille de la tête aux pieds, en s'attardant à ses sandales et à son mince sac à dos.

— Tu n'es pas vraiment équipé pour une longue randonnée dans les montagnes. Que vas-tu faire là-bas?

— Voir un ami.

— Ah bon, conclut-elle en haussant les épaules, soudain désintéressée.

Lucas lui prend le bras et chuchote vivement :

— On l'a envoyé dans une ferme-école en construction. Il est très malade. Je vais le sortir de là avant qu'il meure.

— Oulala! C'est grave à ce point? Il n'a pas de parents, ton ami?

— Oui, mais ils ne sont pas au courant, ou bien ils n'ont pas les moyens de l'aider. Il faut que quelqu'un le fasse. Veux-tu venir avec moi? s'entend-il suggérer.

— Tu ne vas pas un peu vite en affaires? Je suis plus vieille que toi, tu sais...

— Pas tant que ça. Et puis, qu'est-ce que l'âge vient faire là-dedans? Tu pourrais m'aider, au moins jusqu'à Papamosca. Tu sembles connaître les environs...

Une lueur de curiosité s'est allumée dans les yeux noirs de la jeune fille. Pourtant elle fait non de la tête :

— D'habitude, je voyage seule...

Déçu, Lucas détourne son regard vers l'extérieur. Quelle idée stupide il a eue de lui demander son aide. Soudain, l'autobus effectue un écart sur l'accotement pour éviter un véhicule immobilisé sur la chaussée. L'adolescent perd l'équilibre et chute sur Josélita. La jeune fille le rattrape en riant, mais elle le sent brusquement se raidir alors qu'une voiture de police dépasse l'autobus en rugissant. Lucas la suit du regard jusqu'à ce qu'elle disparaisse, les pupilles dilatées par la peur. Il cache à peine un soupir de soulagement et se dégage en s'excusant.

— C'est bon, soupire Josélita, je n'ai rien prévu pour les prochains jours. Et je vois que tu as bien besoin des conseils d'une professionnelle… Première tâche, trouver une place où s'asseoir.

Sans ménagement, elle bouscule un passager endormi qui encombre une banquette entière avec son énorme sac.

— Hé! Réveille-toi, l'ami. Il y a de la place pour trois sur ce banc.

Elle joint l'acte à la parole, s'empare du sac et le laisse tomber sur la pile de bagages au milieu du passage. Puis elle pousse Lucas contre l'homme, qui n'a d'autre choix que de se coller contre la vitre du véhicule. Impressionné, Lucas regarde Jo comme si elle venait d'une autre planète.

— Quoi? Tu trouves que j'y vais fort? Tu sauras, Mario, Marco, ou quel que soit ton nom, qu'il faut faire sa propre place dans la vie, car personne ne la fera pour toi.

Ils restent un long moment à regarder défiler la route, les palmiers royaux qui la bordent, les bœufs et les chevaux en liberté qui broutent l'herbe sèche. Les kilomètres s'égrainent dans l'atmosphère saturée d'odeurs de diesel et de sueur. Jo semble à l'aise. Elle a enlevé ses bottes de marche et masse ses pieds fins.

— Tu es en fugue? s'enquiert soudain Lucas.

— Non, je voyage, c'est différent. J'ai décidé de connaître mon île avant de partir. Et toi?

— Tu veux partir d'ici? s'exclame Lucas, horrifié. Tu veux quitter Cuba?

— Chut! ne parle pas si fort. Oui, c'est trop petit pour moi. Je veux voir le monde.

— Mais tu devras… fuir. Tu n'as pas peur de la police, des représailles si tu échoues, de faire naufrage ou… de mourir?

— Il me semble que tu as peur de la police, toi. Est-ce que ça t'empêche de faire ce que tu dois faire? Non!

— Oh! tu sais, ce n'est pas si grave s'ils me trouvent. Pourvu que j'aie le temps de sortir Manuel de Papamosca. Toi, si tu réussis, tu ne pourras plus revenir à Cuba. Et ta famille en souffrira.

— Je n'ai plus de famille. Mon père nous a abandonnés. Il vit aux États-Unis maintenant. Ma mère est morte l'an dernier, je n'ai ni frère ni sœur. Je me fais des amis partout où je vais et je vis au jour le jour. Alors, là-bas ou ici, je préfère encore être ailleurs.

Un long silence s'installe. Lucas a l'impression que tous les gens qu'il croise depuis quelque temps sont des voyageurs sur un quai d'embarquement. Un pied ici, l'autre là-bas, l'esprit d'ores et déjà ailleurs. Josélita aussi va partir. L'odeur de lilas l'enveloppe maintenant. Il n'ose trop la respirer de peur de l'épuiser. Il s'imagine traversant le détroit de Floride avec Jo, l'eau à perte de vue, le désespoir, l'espoir, l'arrivée en sol américain, le monde pour eux deux, le sac au dos : libres… Il se secoue furieusement. Non ! il a des responsabilités ici, un ami qui compte sur lui. Partir voudrait dire tout lâcher, tout perdre… comme sa mère l'a fait huit ans plus tôt…

— Dis, Marco, pourquoi ai-je l'impression de te connaître ?

Lucas esquive la question en regardant par la fenêtre. Après une longue minute de silence, il ajoute :

— Certains disent qu'on a tous un sosie quelque part.

Un peu avant d'arriver à Santa Clara, les deux voyageurs descendent de l'autobus. La petite route qu'ils empruntent ensuite est beaucoup moins achalandée. Ils marchent côte à côte, dans la chaleur suffocante de l'asphalte en fusion. Lucas a pris le sac à dos de Jo, pour accommoder la jeune fille. Elle partage un ananas acheté dans un kiosque au bord de la route.

— Mon nom, ce n'est pas Marco, avoue-t-il finalement.

— Marco, ça me va très bien.

— Tu ne veux pas savoir qui je suis ?

— J'ai dit, tout à l'heure, que je me faisais des amis facilement. Ce n'est pas tout à fait vrai. Je ne m'attache plus à personne. Les départs sont trop difficiles et je ne veux pas passer ma vie à regretter de partir. Si tu me dis qui tu es, je serai obligée de te quitter. Si tu ne me le dis pas, tu n'auras été qu'un bon moment dans mon voyage, un intermède. Tu vois, c'est mieux comme ça.

Lucas fait la moue. Pour lui, Jo ne sera jamais un simple intermède dans sa vie, pas plus que Louisa, la professeure québécoise, ou le vieil Alberto qui l'a protégé de Juan, le *balsero*, ou encore la vieille dame qui connaissait sa mère. Ces dernières semaines, chaque personne qu'il a rencontrée lui a fait découvrir une parcelle de l'étranger qu'il est pour lui-même. La découverte n'est pas toujours heureuse, mais l'adolescent considère qu'elle est nécessaire. Et même s'il ne comprend pas tout de suite la signification de ces diverses rencontres, il ne les croit pas fortuites. Mais peut-être qu'en vieillissant, on devient saturé du magnétisme que les gens exercent sur nous. Jo en est peut-être rendue là, à se protéger pour ne pas se perdre dans les autres.

Lucas soupire. Il n'a pas envie de n'être qu'un fantôme dans l'existence de Josélita. Il ne veut pas qu'elle parte ni que cette escapade finisse. Pour cela, il voudrait percer la carapace de la jeune fille, lui prouver qu'elle peut lui faire confiance. Mais comment le lui dire ?

Ils marchent longtemps en silence. Puis Jo se met à chanter des airs du pays. Sa voix est chaude comme le soleil des Tropiques. Parfois, la main de Jo frôle furtivement celle de Lucas. Une grande chaleur envahit alors l'adolescent, comme un choc électrique. Les kilomètres s'écoulent sans qu'ils rencontrent âme qui vive, au grand plaisir du jeune homme qui voudrait que la route, en compagnie de Josélita, ne finisse jamais.

Vers la fin de l'après-midi, une voiture décapotable les dépasse en rugissant. Elle est remplie de garçons et de filles en tenues de soirée. La bande de jeunes les saluent joyeusement et Josélita leur envoie la main.

— Tu les connais? demande Lucas

— Ça se pourrait. Je ne fais pas de la route seulement pour le paysage.

On entend soudain une explosion. La voiture s'immobilise aussitôt dans un crissement de pneus. Le temps que Lucas et Jo les rejoignent, tous les occupants ont déjà quitté le véhicule. Ils l'entourent d'un air désolé.

— ¡Hola Luis! dit Jo en serrant son ami dans ses bras. Contente de te revoir! Que fais-tu par ici?

— ¡Hola Josélita! Quelle surprise! Nous nous rendons au mariage de ma cousine Ines. J'ai amené des amis musiciens, Raquel, Pedro, Roxana, Sancho et Sofia, dit Luis en les présentant tour à tour.

— Voici Marco, continue Josélita en montrant Lucas. Nous faisons un bout de chemin ensemble.

— Enchanté, Marco! J'ai bien peur qu'avec cette fichue crevaison, on arrive très en retard pour la noce… si jamais on y arrive.

— Voulez-vous que je m'occupe de ce pneu? propose Lucas en s'emparant du cric que tient Luis.

— Je te remercie de ton offre, Marco, mais je n'ai pas de rustines et le plus proche garage est à des kilomètres. Je crains bien qu'il faille marcher…

— Tu as une pompe? demande Lucas en ouvrant son sac à dos. Je fais beaucoup de vélo et mes parents m'obligent toujours à traîner avec moi une trousse de réparation. Je n'en ai jamais eu besoin, jusqu'à aujourd'hui. Espérons seulement que la colle est encore en bon état et que la pièce tiendra jusqu'au garage.

Le moral des jeunes noceurs remonte alors que Lucas, avec l'aide de Luis, répare le pneu crevé. Les musiciens en profitent pour improviser un concert champêtre et tous se mettent à danser au bord de la route, sur des rythmes endiablés. Au moment de remonter en voiture, Luis a une idée:

— Pourquoi ne viendriez-vous pas à la noce avec nous?

Lucas regarde Josélita, prêt à décliner l'offre, mais la jeune fille accepte avec enthousiasme. Devant la mine désolée de l'adolescent, elle déclare:

— Marco, il faut savoir profiter des bonnes choses de la vie lorsqu'elles passent. Après, il est trop tard.

— Mais je n'ai rien à me mettre sur le dos. Je ne peux quand même pas me

présenter à un mariage avec un t-shirt couvert de cambouis ?

Quelques minutes plus tard, Lucas et
Josélita, habillés de vêtements prêtés par Luis
et Raquel, s'entassent avec les autres à
l'arrière de l'automobile. Le parfum de lilas
de Jo et ses cheveux noirs qui ondulent dans
le vent ont raison des dernières réticences de
Lucas.

La fête se déroule dans une cour de ferme.
Des tables débordantes de nourriture ont été
montées sous un grand chapiteau. Le rhum
et la bière coulent à flot. Lucas se sent mal à
l'aise en présence de tous ces inconnus, même
s'il a été accueilli avec beaucoup de chaleur.
Il croit remarquer des expressions intriguées
lorsque Luis le présente sous le nom de Marco.
Josélita, quant à elle, virevolte avec aisance
au milieu de ces gens qu'elle semble tous
connaître par leur nom.

À la tombée de la nuit, un immense feu
est allumé au centre de la cour. Et l'orchestre
enchaîne salsa, mambo, cha-cha-cha, rumba
et merengue tandis que les convives se déchaî-
nent sur la piste de terre battue. Lucas ne
danse pas. Il s'est installé un peu à l'écart,
dans l'ombre de la grange. Il observe Jo et

son visage humide de sueur qui reflète les flammes. Elle danse les paupières closes, ne faisant qu'un avec la musique, comme si l'univers entier lui appartenait. Lucas lui envie cette assurance, ce magnétisme qu'elle dégage et qui attire tous les gens auprès d'elle. Même si on a souvent dit à Lucas qu'il suscitait l'admiration, il a toujours eu l'impression de n'inspirer que la pitié aux personnes qui l'entourent. Comme il s'en passerait…

Il se rend soudain compte que Jo a ouvert les yeux et le cherche. À contrecœur, il sort de l'ombre protectrice. D'un signe de la main, la jeune fille l'invite sur la piste. Lucas secoue la tête. Ses lèvres articulent silencieusement : « Je ne sais pas danser. » Le sourire ironique que lui lance Josélita l'atteint durement. Il se retourne vers le mur, furieux contre lui-même. Quand grandira-t-il ? Quand acceptera-t-il de laisser le petit Lucas peureux et immature dans sa boîte aux souvenirs ? Lorsqu'il regarde de nouveau vers la piste, Jo danse avec un adolescent plus vieux, ses bras fins passés autour du cou puissant du danseur. Une flèche de jalousie plantée en plein cœur, Lucas avance vers la piste et tape sur l'épaule de son rival.

— Eh ! Josélita est avec moi ce soir.

— Ah ! Marco, te voilà enfin ! Je te présente mon cousin Pietro. C'est fou comme

138

le monde est petit. Je ne l'avais pas vu depuis des années.

— Enchanté, Pietro, dit Lucas, surpris et un peu honteux. Est-ce que je peux te parler un moment, Josélita ?

— Après cette danse, d'accord ? C'est ma préférée.

Puis voyant que Lucas retourne vers la grange, elle le rattrape.

— Viens danser, Marco. Je te montrerai.

— Euh…

— Laisse-toi porter par la musique. Ferme les yeux, tu ne sens pas le rythme monter en toi ? La chanson parle tellement bien du feu qui nous consume : *Ay candela, candela, candela me quemo aé.* Tu ne ressens pas la chaleur, Marco ?

Margarita que me quemo.
Yo quiero seguir gozando.
La candela me está llevando.
Me gusta seguir guarachando.[21]

Le rythme envoûtant du riff[22] finit par prendre possession du corps de Lucas. Il

21. *Candela*, de Faustino Aramas. *Oh feu, feu, feu je brûle. Margarita, je brûle. Je veux continuer de brûler. Le feu me prend avec lui. Je veux continuer la guaracha* (danse cubaine).

22. Court fragment mélodique que les musiciens répètent tout au long d'un morceau.

s'abandonne à la musique, les yeux rivés sur Josélita dont les cheveux ondulent dans le clair-obscur des flammes.

Lorsque la chanson prend fin, la danseuse retourne s'asseoir sur un banc placé près du feu. Lucas s'installe à côté d'elle.

— Pas mal pour quelqu'un qui ne sait pas danser. Tu voulais me dire quelque chose, Marco ?

Les yeux fixés sur la braise rougeoyante, Lucas hésite.

— Je t'ai menti. Je ne m'appelle pas Marco. Tu m'as dit ce matin que je te rappelais quelqu'un. Il y a huit ans, tu as manifesté pour que je revienne au pays, tu as scandé mon nom avec tous les habitants de cette île. Mon nom, c'est Lucas, Lucas Rodriguez.

— Je sais qui tu es, Lucas, je l'ai su dès le début, mais pour moi, tu seras toujours Marco.

— Non ! Marco, ce n'est pas moi. J'ai fini par comprendre qu'il fallait que je m'accepte tel que je suis et que je cesse de me faire passer pour un autre. Mon histoire me colle à la peau, que je le veuille ou non. Alors aussi bien cesser de m'enfouir dans le sable chaque fois que la vague arrive, je ne veux pas être un de ces petits crabes pitoyables qui a peur de son ombre.

— Je suis contente pour toi, dit Josélita doucement. Ce n'est pas facile d'accepter d'enlever son masque, surtout face… à une inconnue.

— Mais tu n'es pas une inconnue, Jo. Je sais, ça ne fait pas longtemps qu'on s'est rencontrés, pourtant j'ai déjà l'impression de te connaître. Et… j'aime beaucoup ce que je découvre. Je regrette seulement que la route ne dure pas plus longtemps.

La jeune fille continue de fixer les flammes sans dire un mot. Lucas la sent seulement plus contractée. Il décide de poursuivre quand même.

— Tu m'as confié que tu voulais quitter l'île. J'aimerais seulement te dire ceci : la vie d'exilé n'est pas rose tous les jours. Un bon nombre de ceux qui s'en vont le regrettent. Ils veulent revenir et ils ne le peuvent pas. Je serais triste si cela t'arrivait. Il y a des gens qui ont besoin de toi, ici…

— Qui ça ? Je n'ai plus personne sur cette île.

— Pourtant, tous ces gens te connaissent. Et il y a moi…

Elle soupire fortement et, les mâchoires serrées, elle déclare :

— Je t'avais dit de ne pas t'attacher, Lucas. Parce que tu m'attaches, par le fait même. Et je ne veux pas de menottes.

Lucas ne répond pas. Il joue avec une brindille de paille, la retournant dans tous les sens avant de la lancer dans le feu.

— Nos routes se sépareront, poursuit Josélita, que je parte ou non. Si je m'attache, que restera-t-il de tout cela? Des regrets, un grand vide, là?

Elle a posé sa main sur sa poitrine, à l'endroit où l'adolescent a lui-même accumulé les souvenirs de tous ceux qu'il a aimés et perdus. Peut-être n'est-il pas seul à posséder cette zone grise et douloureuse? Peut-être a-t-elle raison de vouloir se protéger? Il se ressaisit.

— Non, Jo, il restera une magnifique amitié. Tu pourrais m'envoyer des cartes postales de toutes les villes où tu poseras ton bagage. Moi, je te suivrai à distance, en épinglant de petits drapeaux sur une grande carte du monde. Et un jour, on se retrouvera sur le même quai, dans le même aéroport, et on se rappellera tous ces bons souvenirs, on parlera de ce que nous serons devenus, de nos enfants, des voyages qu'on aura faits. Je ne veux pas que tu m'oublies, Jo. Moi, je ne t'oublierai jamais.

Josélita secoue la tête, les yeux obstinément rivés sur les flammes. Lucas la sent résister de toutes ses forces. Elle finit par soupirer, vaincue:

— C'est bon, espèce de grand senti-
mental. D'accord pour les souvenirs et pour
les cartes postales. Mais pas plus. Je ne veux
pas d'histoire à l'eau de rose ni d'amour à
distance. D'accord, Lucas?

— D'accord, Jo. J'ai un cadeau, pour
sceller notre amitié.

— Ah non!

— Ne t'inquiète pas, il ne coûte rien. Et
tu n'as rien à me donner en retour. Je veux
simplement t'offrir une étoile. Comme ça,
où que tu ailles, tu la retrouveras et tu sauras
que quelqu'un pense à toi. Regarde l'étoile
Polaire. Elle n'est pas très brillante, pas extra-
ordinaire non plus. Mais jamais elle ne bouge
dans le ciel. Elle a toujours guidé les voyageurs.
Je te la donne. Elle te permettra de revenir
sur l'île, lorsque tu seras fatiguée de parcourir
le monde.

Jo reste un instant silencieuse. Elle prend
doucement la main de Lucas et lui dit:

— Tu sais que Lucas veut dire «lumière»?
Je te promets que je regarderai cette étoile
aussi souvent que je le pourrai. Merci pour ton
insaisissable cadeau.

Pour toute réponse, Lucas la serre très
fort contre lui. Il respire intensément le parfum
de la jeune fille en se disant que, peu importe
où elle se trouvera, il saura la reconnaître à
son odeur unique. Lorsqu'ils se séparent, les

deux adolescents ont le regard troublé. Josélita se dépêche de changer de sujet.

— Je t'ai trouvé un transport pour Papamosca, demain. Un des oncles de la mariée doit se rendre dans la région. On peut dormir dans la grange cette nuit...

8

Papamosca

Caché derrière des arbustes épineux, un peu à l'écart de la route poussiéreuse, Lucas observe le flanc de la colline. Une trentaine d'adolescents et quelques adultes s'acharnent à essoucher une parcelle de terrain à l'aide de mules et de chevaux. D'autres bêchent et retournent la terre. Au creux de la vallée repose un long bâtiment au toit de palmes et quelques petites cabanes isolées. L'air chauffé par le soleil de onze heures vibre de chants rythmés par un *bongo*[23]. Lucas essaie d'identifier Manuel parmi les jeunes travailleurs, mais il n'y arrive pas. Il reconnaît pourtant certains élèves de son école : Maria, Diego et Miguel… mais pas son ami. La crainte qu'il soit arrivé quelque chose à ce dernier le saisit à nouveau.

---

23. Instrument de percussion originaire de Cuba et composé de deux petits tambours fixés l'un à l'autre.

Comme il aurait aimé que Josélita l'accompagne. Il est certain que la jeune fille aurait su quoi faire. Avec elle, il lui semblait que tout était possible, même l'impossible. Mais surtout, il aurait voulu la présenter à Manolo, qui n'allait certainement pas le croire d'avoir eu une telle chance. Malheureusement, ce matin, Jo est partie comme elle est venue, emportant avec elle son sac à dos et son envoûtant parfum de fleurs.

Lucas se secoue. Il doit se concentrer sur sa mission de sauvetage. Il commence par descendre la pente escarpée en faisant le moins de bruit possible. Tout en restant à couvert, il se dirige vers le plus grand bâtiment. Devant l'entrée, il peut lire en espagnol : *Bienvenido a Papamosca*, et en français : Bienvenue à Papamosca. À l'intérieur, des cuisinières préparent le repas du midi : une soupe de maïs et de poisson, dont les effluves chatouillent l'estomac de Lucas. De longues tables sont alignées, avec une quarantaine de chaises. Le bâtiment sert aussi d'école. Sur les murs sont installés un grand tableau noir, une mappemonde et des illustrations en couleurs avec leurs légendes en français et en anglais. Tout au fond, le bureau du maître disparaît sous des piles de cahiers d'exercices et des dictionnaires. Lucas continue ses recherches, explorant attentivement chaque construction. L'infirmerie est déserte, tout comme la remise à outils et les bureaux administratifs. Lorsqu'il s'introduit dans les dortoirs, il fouille les lits et les armoires, mais ne trouve rien qui puisse indiquer la présence de son ami.

La cloche annonçant le dîner le fait sursauter. Il n'a que le temps de se cacher avant que la place ne soit envahie par des adolescents qui font la file devant la pompe à eau. Par une fente entre deux planches de bois de palmier, il détaille chaque arrivant. Des rires fusent, des mots sont lancés dans une langue que Lucas ne comprend pas, en français, sûrement. Contrairement à ce que pensait l'adolescent, tous ces jeunes n'ont pas l'air malheureux ni exténués. Manuel n'est pas parmi eux. Lucas brûle d'envie d'interroger un de ses anciens camarades de classe, mais il ne sait pas comment sa présence sera interprétée. S'il est recherché par la police et que les dirigeants de Papamosca ont été avertis, on ne le laissera certainement pas voir son ami. Hésitant, il attend que la place se vide et que le bâtiment soit rempli d'un silence gourmand, troublé par le tintement des cuillères dans les bols de soupe. Où peut bien être son ami ?

Alors qu'il songe à abandonner ses recherches, Lucas entend un bruit provenant du sentier qui mène au champ en friche. L'adolescent reconnaît le retardataire avant même qu'il émerge dans la lumière du midi. Manuel, *bongo* au cou, avance avec peine, le visage rougi par l'effort, toussant comme s'il voulait s'arracher les poumons. Sans réfléchir plus longtemps, Lucas s'élance vers son ami et l'entraîne sous le couvert des arbres. Avant que Manuel ne se mette à hurler, Lucas le bâillonne de sa main et lui dit à l'oreille :

— C'est moi, ton vieil ami. Pas un mot. Je suis venu te sortir de là.

Il continue à surveiller le bâtiment principal pendant que Manuel tente de calmer sa toux.

— Ma pompe…, hoquette le garçon.

— Chut ! Il ne faut pas se faire repérer.

— J'ai besoin… de ma pompe. Elle est… dans mon bagage, parvient-il à articuler avant de recommencer à tousser.

— Quoi ? Tu ne vas pas me faire une crise d'asthme ! On doit partir d'ici avant qu'ils ne s'aperçoivent de ton absence.

Mais voyant que Manuel commence à sérieusement manquer d'air, Lucas demande :

— Où est ton bagage ?

Sans cesser de tousser, Manuel montre l'infirmerie du doigt. Lucas se précipite vers la minuscule bâtisse avec une croix rouge sur sa porte de bambou. À l'intérieur, l'obscurité l'empêche de voir quoi que ce soit. Il tâte le mur à la recherche d'un interrupteur, sans succès. Peu à peu, il parvient à distinguer le contour des objets : une table de consultation, une chaise sur roulettes, un guéridon sur lequel sont déposés des pansements, et un lit, tout au fond. Il heurte soudain un obstacle au sol. À tâtons, il reconnaît la forme d'un sac à dos. Victoire ! En courant, Lucas sort de l'infirmerie, aussitôt ébloui par la lumière vive qui règne à l'extérieur. Il rejoint Manuel qui tousse toujours, incapable de reprendre le contrôle de sa respiration. Jamais Lucas ne l'a vu en pareil état et il craint tout à coup d'assister aux derniers instants de son ami. Il laisse toutefois Manuel fouiller lui-même dans son sac et prendre sa pompe, mais le garçon n'a plus assez d'énergie pour la porter à sa bouche.

— Allez, Manolo, un petit effort. Tu iras mieux après, l'encourage Lucas en lui soutenant le bras.

Deux bouffées de médicament plus tard, l'état du garçon ne s'est pas amélioré. La sueur coule sur son visage et ses bronches sont tellement encombrées que le peu d'air qui réussit à y passer en ressort en sifflant comme une bouilloire sur le rond du poêle. Pour calmer son ami, Lucas lui raconte comment il est venu jusqu'ici, la rencontre de

Josélita, la noce. Mais Manuel ne réagit pas. Lucas prend la main du malade, une main glacée malgré la température étouffante.

— Hé! Manuel! ne m'abandonne pas comme ça! Viens, on va chercher un médecin.

Tant bien que mal, Lucas remet son ami debout et le soulève sous les bras, surpris de constater qu'il pèse si peu. Les quelques mètres qui les séparent de la cantine semblent pourtant interminables et l'adolescent imagine déjà un scénario terrifiant : il porte sur son épaule un lourd cercueil. Tous les gens assistant aux funérailles l'entourent en l'accusant de ne pas avoir agi assez vite. Il pense à la lettre qu'il a mis tant de temps à comprendre, aux heures perdues à marcher sur la route, à attendre un transport, à la nuit passée à danser et à offrir des étoiles à Jo. Oui, il en a mis du temps. Beaucoup trop. Impardonnable…

Lorsqu'il entre dans le bâtiment, il dépose doucement Manuel sur une table avant de crier :

— Aidez-moi! Manuel ne va vraiment pas bien. Je crois… qu'il va mourir.

Un silence étonné s'installe. Des voix chuchotent :

— Mais c'est Lucas Rodriguez!

— Lucas Rodriguez? Vous voulez dire…

— Qu'est-ce qu'il fait ici ?

Une femme arrive au pas de course. Elle éloigne Lucas, puis prend le pouls de Manuel, touche son front et colle son oreille sur sa poitrine. Elle soupire, l'air désolé, et montre deux grands élèves du doigt.

— Mathé et Pedro, vous l'amenez à l'infirmerie. Adolpho, préviens le SIUM[24]. Toi, tu viens avec moi, ajoute-t-elle en regardant sévèrement Lucas.

Alors qu'on s'affaire à transporter Manuel, des encouragements fusent de partout, au grand étonnement de l'adolescent.

— Hey, *Bongo Man*, t'es notre meilleur, lâche pas !

— Ouais, si t'es pas là, qui va nous donner le rythme ?

Une jeune fille quitte sa place et vient toucher la main de Manuel. Elle éclate alors en sanglots. Manolo ouvre les yeux et affiche un vague sourire intimidé avant de tourner de l'œil à nouveau.

Dans le local de l'infirmerie, la femme allume d'abord une lampe au kérosène. Elle ajuste ensuite la longueur de la mèche et l'installe au-dessus de la table de consultation. Elle demande alors aux deux porteurs de

---

24. *Sistema Integrado de Urgencias Medicas* : Système intégré d'urgences médicales.

déposer Manuel. Lucas se tient à l'écart, un peu dépassé. Elle lui fait signe de s'approcher.

— Comment t'appelles-tu?

— Lucas Rodriguez. Je suis venu…

— Je ne veux pas savoir ce que tu fais ici, l'interrompt-elle. D'autres s'occuperont de cela. Je veux que tu me racontes ce qui s'est passé avec Manuel.

— Ce n'est pas ma faute. Je…

— Sa crise d'asthme, s'impatiente-t-elle. Décris-moi ce que tu as vu. A-t-il pris sa pompe?

— Oui, deux doses. Elles n'ont pas fait effet. Lorsqu'il est arrivé pour le dîner, il toussait déjà…

— Donne-moi sa pompe. Elle est peut-être vide.

La garde manipule un moment l'objet, vérifie la date de péremption et déclenche le mécanisme. Une faible bouffée de médicament en sort. Au deuxième coup, plus rien. Vide.

— C'est bien ce que je pensais, murmure-t-elle.

Elle va chercher deux fioles dans sa pharmacie et prépare une injection. Elle ajuste ensuite un masque sur le visage de Manuel et le connecte à une bouteille d'oxygène. Elle reprend les signes vitaux de son patient, avec

152

attention. Un sourire apparaît bientôt sur ses lèvres. Observant son ami qui commence à mieux respirer, Lucas explose.

— Vous n'auriez pas dû le faire travailler en plein soleil et dans la poussière. Il ne devrait même pas être ici, malade comme il est. Vous êtes des sans-cœur…

L'infirmière inspire un grand coup en fixant Lucas dans les yeux. Ce dernier baisse le regard, mais garde les poings fermés.

— Ces derniers jours, Manuel m'a souvent parlé de toi, continue la femme sur un ton plus doux. Ça doit faire une semaine qu'il est cantonné à l'infirmerie, à son grand dam. Alors, on a eu le temps de faire connaissance. Tu es très important pour lui, tu le savais ?

— Vous changez le sujet. Manuel m'a envoyé une lettre dans laquelle il disait qu'il ne savait pas combien de temps il pourrait encore rester ici… en vie !

— Manuel voulait tellement venir à Papamosca qu'il a omis de mentionner son problème de santé. Mais ne t'en fais pas, il ne travaille plus depuis sa dernière crise. Ce matin, il est sorti de l'infirmerie sans ma permission. Il voulait aller aux champs.

— Racontez cela à d'autres que moi ! Qui voudrait aller déraciner des arbres et bêcher toute la journée sous le soleil ?

— Sais-tu pourquoi on l'appelle *Bongo Man*? Et pourquoi tous les jeunes sont tristes qu'il soit aussi malade?

— Parce qu'ils perdent leur souffre-douleur? Il m'a écrit que les plus vieux le maltraitaient.

— Peut-être, au début. L'adaptation est toujours un peu difficile et Manolo n'est pas un garçon des plus extravertis. Mais maintenant, c'est lui qui joue du *bongo* et qui fait chanter les jeunes pendant qu'ils effectuent leurs travaux. Il a le rythme dans le corps, ton copain. C'est incroyable! Et c'est également notre meilleur élève en français. Pourrais-tu me montrer la lettre qu'il t'a écrite?

Lucas sort lentement le message de sa poche. Le Manuel que lui décrit l'infirmière est tellement différent de l'ami qu'il a connu. À part le garçon introverti, rien ne colle. Aurait-il imaginé le message codé et les ennuis de son copain? Pourtant, lorsqu'ils se sont vus tout à l'heure, Lucas n'a perçu aucune surprise dans l'attitude de son ami, comme s'il l'attendait, comme si sa venue en ces lieux aussi reculés était la chose la plus naturelle du monde.

Pendant que la femme lit la lettre et le message que Lucas a décodé, l'adolescent regarde à l'extérieur. L'ambulance descend la côte dans un nuage de poussière.

— Je comprends qu'il t'ait appelé à l'aide, Lucas. Mais tu aurais dû parler à des adultes avant de te lancer dans une entreprise de sauvetage. Cette lettre date du début de son séjour et il est vrai que nous n'avons remarqué son problème d'asthme que par la suite. Je viens de constater que sa pompe était périmée depuis presque un an et aujourd'hui, comble de malheur, elle était vide au moment où il en avait le plus besoin. Mais ne t'inquiète pas pour lui, il s'en sortira. On va l'amener à l'hôpital, lui faire subir une batterie de tests, puis lui donner des vacances à la maison. Ensuite, il choisira ce qu'il veut faire. Continuer ici ou retourner à Banderas. Tu vois, nous ne sommes pas des sans-cœur. Juste des gens qui veulent aider des jeunes comme ton ami. Et toi, j'imagine que tes parents ne savent pas où tu te trouves ? Ils doivent s'inquiéter autant que tu t'inquiétais pour Manuel. Alors, appelle-les tout de suite et dis-leur que tu accompagnes ton copain à l'hôpital de Santa Clara. Ils pourront te retrouver là-bas. Va vite téléphoner, pendant que j'installe Manuel dans l'ambulance.

Une bouffée de chaleur envahit Lucas. Son meilleur ami est hors de danger et il a l'impression que, malgré tout, son intervention n'a pas été complètement inutile. Des amis, après tout, c'est à cela que ça sert.

9
D'homme à homme

Le chemin de retour vers Banderas se fait dans le silence. Lucas est assis entre son père et sa belle-mère sur la banquette avant de la vieille camionnette empruntée à un confrère de travail. Tout a été dit dans les premières minutes. L'inquiétude, les recherches, la peur, l'incompréhension. Ne restent que les questions sans réponses, celles qui nécessitent du temps avant de franchir certaines barrières. Le soleil est couché depuis plus d'une heure lorsque Carlos gare le véhicule dans l'entrée.

— Papa, travailles-tu demain?

— Bien sûr, j'ai dû me faire remplacer hier, et encore aujourd'hui.

— Je suis désolé…

— Je sais, le rassure Carlos. Ne t'en fais pas pour mon travail.

— J'ai quelque chose à te montrer. Oh ! il n'y a rien d'urgent.

— Demain soir, si tu veux, je terminerai plus tôt. Je serai ici vers 19 heures. Cela te va ?

— Oui, papa. Et… euh… merci de ne pas m'avoir trop grondé. J'étais réellement inquiet pour Manuel. Mais j'ai compris que j'aurais dû commencer par vous en parler. Je ne ferai plus jamais ça…

— Oui, mon fils, je prends cela pour une promesse. Et je crois qu'on devrait avoir une vraie conversation, d'homme à homme.

Lucas sourit, soudain écrasé de fatigue, et sort de la voiture.

— Bonne nuit, papa. Bonne nuit, maman.

C'est la première fois qu'il appelle ainsi sa belle-mère. Lucas en ressent un choc. Et à voir les larmes dans les yeux d'Alicia, ce sentiment est réciproque.

Lorsque Carlos revient du travail, Lucas l'attend dans le salon, jouant nerveusement avec la sangle de son sac à dos. Les enfants ont été bien avertis : interdiction d'importuner leur frère aîné. Dispensé d'aller à l'école, l'adolescent a passé la journée à dormir et à manger, comme si son escapade avait duré un mois.

— Alors, mon garçon, de quoi veux-tu qu'on parle ? demande Carlos, un peu intimidé par la mine sérieuse de son fils.

— De ce qui s'est passé lorsque j'avais six ans, déclare Lucas en guettant les réactions de son père.

Carlos lève la main pour intimer le silence à son fils qui, surpris, se prépare à répliquer.

— Allons marcher, veux-tu ? J'ai été enfermé toute la journée, j'ai le goût de prendre l'air.

Il sort, laissant Lucas en plan. Celui-ci serre les dents, ramasse son sac à dos et suit son père à l'extérieur. Après avoir marché une dizaine de minutes, Lucas, frustré, rompt le silence.

— Je te croyais sincère lorsque tu m'as dit qu'on devait avoir une conversation d'homme à homme.

— Ne parle jamais de ce sujet dans la maison. On pourrait nous entendre.

— C'est parce que tu es embarrassé de ce que tu as fait ? C'est ça ? Moi, je veux que tout le monde sache ce qui s'est vraiment passé et qu'on cesse de me cacher la vérité.

Carlos s'arrête brusquement et fixe son fils droit dans les yeux. Lucas peut y lire la douleur et la déception. Il baisse le regard et murmure :

— Excuse-moi, papa.

Carlos relève d'une main la tête de son fils et sourit tristement.

— Non, Lucas, jamais je n'ai été embarrassé de ce que j'ai fait. N'importe quel père aurait fait de même. Mais tu dois savoir qu'il y a déjà eu des microphones dans la maison. Ils sont peut-être encore fonctionnels. Chaque mot que l'on prononce pourrait être écouté.

Une expression d'horreur se peint sur le visage de l'adolescent. Chaque mot pourrait être écouté ? Lucas sait que certaines personnes dans l'île sont soumises à une telle surveillance parce qu'elles ont des idées contre-révolutionnaires, ou parce qu'elles parlent ouvertement de leurs convictions politiques, habituellement contraires à celles du Parti. Mais pourquoi eux, les Rodriguez ? De quoi sont-ils soupçonnés ? Qu'a-t-il dit depuis qu'il est tout jeune qui aurait pu être enregistré, analysé, rapporté, archivé ? N'est-ce pas assez d'être surveillé à l'extérieur de la maison par deux gardes ? Faut-il, en plus, que chaque parole prononcée, consciemment ou non, le soit aussi ?

— Papa, comment fais-tu pour vivre dans cette maison, sachant que tout ce que tu dis pourrait être écouté ?

— Tant que je n'ai rien à me reprocher, pourquoi m'en inquiéterais-je ? J'imagine que, depuis le temps, ils se sont désintéressés de ce que je peux dire. Je pense que tu n'as pas à t'en faire, n'est-ce pas?

Comme Lucas ne répond pas immédiatement, Carlos met sa main sur l'épaule de son fils.

— Que voulais-tu me montrer?

— Je... j'ai rencontré quelqu'un, il y a un certain temps. Une étrangère. Elle est enseignante au Québec. Elle ne savait pas qui j'étais, je lui ai seulement dit que je connaissais Lucas. Avant de partir, elle m'a donné les travaux que ses élèves ont faits, pour que je les remette à Lucas. Ces travaux parlent de moi, de mon histoire. J'ai découvert des tas de choses que j'ignorais, des informations qu'on m'avait cachées. Tiens, dit-il en tendant les feuillets à son père.

Pendant que Carlos tourne lentement les pages, le front plissé, Lucas se mord la lèvre inférieure. A-t-il mal jugé son père? Peut-être ignore-t-il lui-même certaines parties de cette histoire, tenue dans l'ombre par ceux qui, justement, se permettent d'espionner leurs faits et gestes?

— Comment te sens-tu, maintenant? demande Carlos, sans commenter les travaux dont il vient de survoler le contenu.

— Je ne sais pas. Vide, je crois. J'ai l'impression d'avoir été dépossédé de toute une partie de mon enfance, de la mort de ma mère, de mon chagrin. C'est comme si on avait écrit un scénario et qu'on m'avait planté dedans, sans obtenir mon consentement. C'est bizarre de réaliser que de purs étrangers en savent plus que moi sur ma propre vie.

— J'en suis un peu responsable, je dois l'avouer. Je me suis toujours battu pour que les gens te laissent grandir en paix, que personne ne t'importune ou ne te prenne en pitié. Les médias sont terribles, tu sais. Sous prétexte du droit à l'information, ils peuvent détruire l'existence de quelqu'un. Je ne voulais pas ça pour toi, ni pour notre famille. Dans ces feuillets, il y a beaucoup de vérités, mais aussi de la désinformation et du sensationnalisme. Ce que tu dois comprendre, c'est que, parce que tu as survécu à ce naufrage, beaucoup de gens t'admirent, partout dans le monde, et qu'ils ont bâti autour de toi un mythe. Ils ont fait de toi un héros.

— Mais je ne veux pas être ce héros, papa! Je n'ai rien fait pour le mériter. C'est tellement pénible de devoir endurer l'envie, la haine, même les regards d'admiration, les sourires qui veulent dire: «Ah oui, bien sûr, c'est Lucas Rodriguez!» ou bien «Pauvre petit, si au moins sa mère ne l'avait pas amené avec elle.» Je ne peux pas faire un pas dehors sans rencontrer mes gardes. Si je veux être seul, je dois me sauver, pour ensuite me faire réprimander. Et pas question de parler à des étrangers. Voyons, cette île ne survit que grâce à la présence d'étrangers. De toute façon, ils ont tous l'air d'en savoir plus que moi, ici. J'ai aussi compris que mon histoire n'était pas qu'une simple question de droit parental, ou d'immigration, mais qu'on s'était servi de moi pour m'exhiber, comme un trophée de chasse. C'est pour cela, et non parce que tu ne venais pas me chercher, que le conflit a mis tant de temps à se régler et qu'ils ont fini par utiliser la force, comme deux gamins qui ne peuvent trouver un compromis en discutant. Je ne suis pas un vrai héros, je suis un emblème que les Américains ont brandi à la face de Cuba et que Cuba expose maintenant le plus souvent possible aux États-Unis. Je ne veux plus être la mascotte du Président, je ne veux plus jamais participer à un défilé de l'armée. Et je ne veux plus que tout ce que vous disiez ou fassiez soit observé et noté ou que vous ayez encore à payer pour ce que ma mère a fait, il y a si longtemps.

Lucas s'interrompt, à bout d'arguments et d'énergie. Carlos, ému, lève les yeux au ciel et inspire profondément, puis il prend son fils par les épaules.

— Enfin, on peut dire que tu as grandi, mon garçon, ces derniers temps. Tu as pris ta vie en main, tu sais ce que tu veux et, surtout, ce que tu ne veux pas. J'ignore si on peut changer quelque chose dans ce pays, seulement parce qu'on le désire. Mais c'est déjà un bon début. J'appellerai le Président pour lui adresser tes demandes : plus de surveillance, plus de microphones.

— Et plus de parades ni de fêtes surprises.

— Plus de cadeaux ?

— Plus de cadeaux venant de lui. Je sais que cela lui fera de la peine, mais je suis trop grand maintenant. Il doit le comprendre.

Carlos éclate de rire en envoyant une tape dans le dos de son grand garçon, son petit homme. Il ne sait pas comment le *Comandante* prendra la décision de Lucas et s'il retirera réellement la surveillance qu'il exerce sur la maisonnée, comme sur bien des familles de l'île. Mais lui aussi croit que ce serait une libération.

Épilogue

Les journées s'écoulent lentement. La vie reprend son cours normal, comme si rien ne s'était passé. Enfin presque. Lucas a l'impression qu'une autre personne a pris possession de son corps, un étranger qu'il doit apprendre à connaître. Il a été tenu en vase clos toute son enfance, confiné dans de la ouate, de peur qu'il ne souffre. Mais l'enfance l'a quitté brutalement avec le départ de Manuel, sa rencontre avec Louisa, les menaces des *balseros*, sa fugue et le magnétisme de Josélita. Il n'a aucun regret, sauf peut-être de n'avoir personne avec qui en parler vraiment. Josélita ne s'est pas manifestée depuis la noce, il peut difficilement écrire à Louisa et Manuel, qui est présentement en convalescence chez lui, a décidé de retourner dès que possible à Papamosca.

Aujourd'hui, Lucas a enfourché son vélo et a franchi les dix kilomètres qui le séparent de la maison de son ami. Lorsqu'il arrive à la ferme, son copain est installé à l'ombre de l'immense *ceiba*. Il étudie, concentré sur un manuel de français. Il n'a pas entendu arriver Lucas, qui l'examine en silence et ne peut s'empêcher de le trouver transformé, lui aussi. Manuel dégage une tranquille assurance qui lui fait envie. Lucas toussote avant de lancer :

— ¡ *Hola Manuel ! ¿ Cómo estás, mi amigo*[25] ?

Manuel saute sur ses pieds et serre son copain dans ses bras.

— ¡ *Hola Lucas !* Je t'attendais !

— Qu'est-ce qu'ils t'ont fait, à l'hôpital ?

— Ah ! si tu savais, ils m'ont transpercé de tous les côtés. Regarde ! dit-il en montrant ses bras criblés de traces mauves. Si je bois, je coule de partout ! ajoute-t-il en riant. Et ils ont changé ma médication. Ils disent qu'elle sera mieux adaptée à mon corps en croissance.

— Tant mieux. J'ai appris que tu retournais à Papamosca ?

— Oui, mon pote, cet endroit est génial. Enfin, une fois les premières semaines passées. Tu sais, pour la lettre que je t'ai écrite… j'étais vraiment déprimé. J'ai peut-être exagéré un peu. Je suis désolé de t'avoir inquiété.

---

25. Bonjour Manuel, comment vas-tu mon ami ?

— Je suis quand même arrivé à temps.

— Tu ne pouvais mieux tomber. Ou plus mal, c'est selon ! Je te remercie de t'être occupé de moi.

— L'infirmière m'a dit que tu es devenu la coqueluche du groupe. *Bongo Man* !

— Oh ! je n'en ferai pas une carrière, mais c'est bien amusant. Je voudrais étudier en langues. Traducteur ou professeur de langues. Il paraît que j'ai ça dans le sang. Cela me permettrait de travailler avec les touristes durant l'hiver.

— Je suis content pour toi. Tu as de la chance. Je ne sais pas encore ce que je ferai plus tard.

— Ne t'inquiète pas, il suffit parfois de rencontrer quelqu'un qui fait la différence.

— Tu sais, Manolo, j'ai croisé plusieurs personnes ces derniers jours, et elles ont certainement changé ma vie. Mais c'est toi, mon ami, qui m'a fait découvrir ce que je cherchais vraiment.

— Tu me fais honneur. Explique-toi !

— Lorsque j'ai tout laissé ici et que je me suis rendu à Papamosca pour te secourir, peu importait que je mette ma vie en danger, que je fasse de la peine à mes proches ou que je transgresse des lois. L'essentiel était que je te sorte de là. J'avais peur pour toi et rien n'aurait pu me faire changer d'idée. Je crois que

167

ma mère a agi de la même façon lorsqu'elle a voulu me conduire aux États-Unis. Elle devait penser que ma vie serait meilleure là-bas et pour elle, les risques qu'elle prenait en valaient la peine.

Un ange passe. Ému, Manuel serre longuement l'épaule de Lucas avant de dire :

— Décidément, Lucas, tu es le digne fils de ta mère ! Elle doit être très fière de toi. Nous le sommes tous. Oh ! avant que j'oublie, j'ai quelque chose pour toi.

Il extrait de sa poche une enveloppe chiffonnée au nom de Manuel. Plusieurs adresses sont inscrites, puis raturées. La dernière étant celle du père de Lucas, au restaurant de Varadero.

— Cette lettre est arrivée ici après bien des détours, on dirait. Je crois que c'est à cause d'une des photos qu'elle s'est rendue à destination. Ton père me l'a finalement remise parce qu'elle m'était adressée. Il voulait que je te la rende et… qu'on en discute.

Les timbres sont canadiens. Lucas sent son cœur battre à tout rompre. C'est Louisa. Deux photos accompagnent la lettre : une de lui, couché sur son arbre à fleur d'eau dans la crique des *Balseros*, et l'autre d'elle, entourée de sa classe d'espagnol. Au verso sont inscrits les noms des étudiants : Guillaume le karatéka, Frédérique la pro des échecs, Isabelle la 1ere ministre, Marianne la romantique, Vincent le cinéphile…

Cher Manuel, ou Lucas,
c'est comme tu veux!

J'espère que cette lettre se rendra, car tu ne m'avais pas donné une adresse très précise. Mon retour au Québec s'est bien passé. Une magnifique tempête de neige m'a accueillie à mon réveil. Je t'avais dit que je détestais la neige, ce n'est pas vrai. J'adore la neige toute blanche, celle qui craque sous les pas, la neige qui tombe le soir de Noël. J'avais donc congé et plein de temps pour pelleter la neige et penser à mes vacances.

J'ai alors eu une idée fantastique. L'an prochain, à pareille date, je vais essayer d'amener ma classe d'espagnol en voyage. J'ai vu qu'une mission française de coopération internationale s'occupe d'aménager une ferme-école dans la région montagneuse de la Sierra del Escambray. L'endroit porte un nom étrange, mais joli, Papamosca, qui veut dire gobe-mouche en français. N'est-ce pas là que ton copain Manuel étudie?

Je vais te tenir au courant, peut-être pourrions-nous nous rencontrer là-bas, de façon officielle, cette fois ? Mes élèves seront certainement enchantés de faire ta connaissance, et moi de te revoir. Écris-moi pour me dire si tu as reçu les photos et pour me donner de tes nouvelles.

Amitiés,
Louisa

— Incroyable ! murmure Lucas en regardant de nouveau les photos.

Puis, s'adressant à Manuel, l'œil brillant :

— Veux-tu la lire ?

— Euh… je suis désolé, je l'ai déjà fait. Qui est cette femme et pourquoi t'appelle-t-elle Manuel ?

— Oh ! c'est une longue histoire, déclare Lucas en s'installant confortablement au pied de l'arbre.

— Pourvu qu'elle finisse bien.

— Je ne sais pas, j'ai plutôt l'impression que cette histoire ne fait que commencer !

De retour chez lui, Lucas est surpris de voir des voitures noires garées devant la maison. Inquiet, il laisse sa bicyclette dans l'allée et entre sur la pointe des pieds. Des hommes s'affairent en silence dans le salon et dans la chambre à coucher de ses parents. Il se dirige vers la cuisine.

— Lucas, on t'attendait justement, prononce une voix forte qui lui inspire un moment de panique.

— Monsieur… *Comandante*…, balbutie-t-il, mal à l'aise.

— Voyons, fiston, appelle-moi *abuelo*[26], comme avant. Ton père me dit que tu as bien grandi. Viens me montrer cela.

Le vieil homme se lève, imposant dans son treillis militaire. Du haut de sa stature de géant, il serre l'adolescent dans ses bras.

— En effet. Ça va toujours bien à l'école? Et au karaté? Tu as eu ta ceinture brune? C'est bon, ça. Un jeune homme doit apprendre le contrôle de soi. Mais il paraît que tu n'as plus besoin d'un grand-père?

Lucas rougit et regarde son père, qui l'encourage en souriant.

— Je… un grand-père, oui, mais pas devant tout le monde. Pas à l'école ni dans les parades de l'armée, et… un grand-père qui n'écoute pas tout ce qu'on dit à la maison, ajoute-t-il en baissant les yeux. Et s'il vous plaît, pas non plus de Enrique et de Leandro

----

26. Grand-père.

qui me surveillent chaque fois que je fais un pas dehors ou que je parle à un étranger. Je suis assez grand pour me débrouiller seul, maintenant. Et je ne veux plus qu'on me considère comme un héros. Je ne suis plus le petit garçon de six ans, je suis un Cubain comme tous les habitants de cette île, si ça ne vous dérange pas, monsieur.

Lucas se demande comment il a pu tenir un tel discours, car devant lui se dresse l'homme le plus puissant du pays, celui qui, d'un claquement de doigts, peut envoyer n'importe qui en prison. Le *Comandante* joue dans sa barbe, l'air de penser la même chose. Puis il éclate d'un bon gros rire qui coule comme une source fraîche.

— C'est d'accord, fiston. Autre chose ?

À peine revenu de sa surprise, Lucas se penche à l'oreille de son *abuelo* et lui chuchote son ultime souhait.

— Tu es sûr ? s'enquiert l'homme, étonné.

Lucas fait signe que oui.

— Bon, je vais voir ce que je peux faire.

En quelques minutes, tous les hommes du Président ont plié bagage avec leurs microphones et leurs instruments de surveillance. Enrique et Leandro, les gardes du corps de la famille, ont également reçu leur congé. Un calme presque irréel s'installe dans la maison. Carlos et Lucas soupirent en même temps, délivrés d'un poids qui creusait leurs épaules depuis huit ans.

— Je crois qu'il t'aime bien, murmure Carlos, pas encore habitué à leur nouvelle intimité sans microphones. Il n'y a pas beaucoup de gens qui peuvent lui parler comme tu l'as fait. En tout cas, pas sans en redouter les conséquences.

— Je ne sais pas ce qui m'a pris. Peut-être avais-je vraiment l'impression que je parlais à un grand-père. Et tu as vu comme il a ri?

— Puis-je savoir ce que tu lui as demandé?

— Euh… en fait, non. Mais tu le sauras bien assez vite, conclut Lucas en se sauvant dans sa chambre.

Sur sa table de chevet, une enveloppe épaisse a été posée bien en évidence. Décidément, c'est la journée du courrier. Celle-là vient de Cuba, et rien, sur l'enveloppe, ne laisse présager sa provenance. Lucas inspire profondément et sourit : Josélita. Son parfum l'a démasquée.

Chère étoile Polaire,
Je viens de déposer mon bagage
à Santiago de Cuba, la chaude ville de
la musique, à l'autre bout du pays.
Depuis qu'on s'est laissés, j'ai visité

Cienfuegos, Trinidad, Santa Clara, Holguin… L'île est superbe et les gens très accueillants. J'espère qu'un jour tu pourras la voir comme je la découvre moi-même. J'ai joint à ma lettre une carte de l'île pour que tu puisses suivre mes traces et fixer tes drapeaux. La prochaine fois, qui sait, la carte sera peut-être différente?

J'espère que tu as pu sauver ton ami Manuel et retrouver le vrai Lucas qui se cache en toi.

À bientôt. Je t'embrasse,

Jo

Lucas enfonce son nez dans la lettre et inspire de nouveau. Les yeux fermés, il se replonge avec délice dans le souvenir du premier et seul baiser qu'ils ont échangé avant de se quitter. «Le baiser du courage», avait dit Lucas. «Le baiser pour les rêves», avait rétorqué Jo.

Le sourire accroché aux lèvres, l'adolescent déplie la carte où Josélita a tracé un X pour chaque ville visitée. Dans la *Sierra*, à l'endroit où ils ont fait la noce, un cœur rouge a été dessiné…

Le soleil vient à peine de se lever au-dessus des brumes du matin, que déjà, la joyeuse lumière inonde les champs et la route. La voiture pénètre dans la cour de la ferme de Manuel, soulevant un nuage de poussière. Aussitôt que le véhicule est immobilisé, Lucas en sort et se précipite vers son ami qui attend sous le *ceiba*, encore ensommeillé.

— Tu es prêt?

— Prêt? l'interroge Manuel. Mais... je pars aujourd'hui, Lucas. Je croyais que tu le savais...

— Je le sais. Regarde! dit-il avec un sourire mystérieux, en lui montrant le siège arrière de la voiture occupé en partie par un sac de voyage, dont les coutures menacent d'éclater. Moi aussi, je pars.

— Où vas-tu?

— Tu pensais que j'allais te laisser t'amuser seul à Papamosca?

Un sourire incrédule monte sur les lèvres de Manuel.

— Mais... comment as-tu fait?

— Cadeau d'adieu de mon *abuelo*. Il me devait bien cela!

En hurlant leur joie d'être de nouveau réunis, Lucas et Manuel montent dans la voiture qui démarre dans l'éclatant matin des Tropiques.

Le naufrage d'un héros

Les lieux et l'époque

1. L'action du livre que vous venez de lire se situe à Cuba, dans les Caraïbes.

DONNÉES GÉNÉRALES

Cuba

Le toponyme *Cuba* vient du mot taïno *cubanacán* qui signifie *terre*. Les Taïnos étaient les habitants de l'île avant que Christophe Colomb ne la découvre en 1492.

Située au nord-ouest des Caraïbes, Cuba en est la plus grande île. Sa forme est souvent comparée à celle d'un caïman.

La population cubaine est majoritairement d'origine africaine et européenne (espagnole) et s'élevait à 11 423 952 habitants en juillet 2008.

En comptant l'île de la Jeunesse (Isla de la Juventud) et les quelque 1600 îlots et cayos[1] qui font partie de son archipel, Cuba a une superficie de 110 860 km². La capitale nationale, La Havane, se trouve au nord-ouest du pays.

Les Cubains utilisent deux monnaies : le peso convertible et le peso cubain. Le peso convertible peut être échangé contre des dollars américains et circule surtout dans les milieux touristiques.

---

1. En espagnol, le mot « cayo » signifie banc de sable ou de coraux.

La langue officielle de Cuba est l'espagnol. Son économie repose principalement sur le tourisme et la culture du tabac, du café, des agrumes, de l'agave et de la canne à sucre. Cuba peut aussi compter sur l'exploitation de mines de sel et de nickel, et de fabrication de produits pharmaceutiques.

2. Le livre que vous venez de lire se déroule à notre époque. Voici des événements qui ont marqué l'histoire de Cuba.

Entre 1868 et 1898	Guerre d'indépendance des Cubains contre les Espagnols qui occupent l'île depuis le XVIe siècle. José Martí, écrivain et poète, mène les indépendantistes. En 1895, il est tué au combat et devient un héros national. Les Cubains obtiennent leur indépendance avec l'aide des États-Unis.
Entre 1898 et 1902	Première occupation américaine. En 1901, le gouvernement américain force Cuba à accepter l'amendement Platt. Celui-ci autorise les États-Unis à s'ingérer dans les affaires cubaines, sous prétexte de protéger les citoyens cubains. Ainsi, l'armée américaine intervient régulièrement à Cuba.

Entre 1906 et 1908	Deuxième occupation américaine.
1925	Gérald Machado est élu président. Il modifie la constitution pour pouvoir rester en fonction le plus longtemps possible. Son règne est marqué par la violence et la tyrannie.
1933	Fuite de Machado aux Bahamas. Des grèves générales éclatent. L'armée ne soutient plus le président.
1934	Coup d'État de Batista qui s'empare du pouvoir.
1940	Première constitution démocratique.
Entre 1940 et 1944	Batista est élu légalement président. Des réformes populaires sont adoptées : droit de vote accordé aux femmes, réduction des heures de travail quotidiennes.
1944	Défaite de Batista aux élections. Il s'exile en Floride.
Entre 1947 et 1991	Guerre froide. Les États-Unis et l'Union des républiques socialistes soviétiques (URSS) sont en conflit diplomatique et politique. Le monde est divisé entre les deux camps.
1952	Coup d'État de Batista qui reprend le pouvoir de force. Alors que son premier mandat avait été marqué par des réformes sociales progressistes, il instaure une dictature brutale.

1953	Tentative de coup d'État par Fidel Castro et son frère Raúl. Ceux-ci sont arrêtés et emprisonnés. Soixante-huit de leurs partisans sont exécutés sans procès.
1955	Batista libère Fidel Castro et l'envoie en exil au Mexique.
1956	Fidel Castro, Ernesto Guevara (dit «Che» Guevara) et un groupe d'environ 80 partisans débarquent à Cuba dans l'espoir de renverser le gouvernement de Batista. Ils comptent mener une révolution socialiste. L'objectif de cette révolution est de partager les richesses équitablement entre tous les habitants de l'île et de donner le pouvoir au peuple.
En 1957 et 1958	Guérilla. Fidel Castro et Che Guevara s'installent dans la sierra Maestra avec leurs hommes et organisent la lutte contre le gouvernement. Peu à peu, de nombreux paysans se joignent à eux. Avec le temps, on appelle Castro et ses hommes les *barbudos*, les barbus, parce qu'ils ont la barbe longue. Les médias étrangers s'intéressent beaucoup à ce combat. Des journalistes américains se rendent sur place pour interviewer Castro. Ce dernier et le Che deviennent des célébrités mondiales et gagnent la sympathie populaire.

Entre 1959 et 1975	Guerre du Viêtnam opposant l'État du Sud, soutenu par les États-Unis, et l'État du Nord, soutenu par la Chine.
1959	Fidel Castro et ses partisans entrent dans La Havane le 1er janvier et prennent officiellement le pouvoir. Batista s'enfuit. Ses anciens collaborateurs et les opposants à la révolution sont exécutés ou emprisonnés. D'autres partent en exil à l'étranger, surtout en Floride. Nationalisation des ressources et lancement de la Réforme agraire. Après la révolution, tous les biens qui appartenaient à des Américains sont confisqués par le gouvernement de Castro.
1960	Premières mesures économiques des États-Unis contre Cuba. Castro déclare que Cuba est désormais une «république socialiste».
1961	Indignés par la politique d'expropriation de Castro et inquiétés par les alliances que ce dernier forge avec l'URSS, les États-Unis mettent fin à leurs relations diplomatiques avec Cuba. Opération Peter Pan: quatorze mille enfants cubains sont envoyés aux États-Unis dans le cadre d'un programme du gouvernement américain

	(soutenu par l'Église catholique) qui délivre automatiquement un visa aux enfants cubains de moins de 16 ans arrivant sur le territoire. Ce programme entraîne la séparation de nombreuses familles cubaines. À leur arrivée aux États-Unis, les enfants sont principalement pris en charge par des institutions religieuses et des collectes de fonds sont organisées pour subvenir à leurs besoins. Les parents restés à Cuba mettent des années avant de pouvoir rejoindre leurs enfants aux États-Unis. Certains enfants sont définitivement coupés de leur famille.
	Débarquement de la baie des Cochons. Des exilés cubains entraînés par la CIA débarquent à Cuba afin de renverser Castro et sont repoussés par l'armée cubaine. Les États-Unis s'engagent à ne plus attaquer Cuba.
1962	Embargo total. Le président Kennedy annonce l'interdiction de tout commerce avec Cuba.
	Cuba est exclu de l'Organisation des États américains (OEA).
	Crise des missiles. L'armée américaine repère des missiles soviétiques installés à Cuba. La marine américaine riposte en organisant un blocus de l'île. Alors que le président Kennedy et le président Khrouchtchev

	négocient, le monde entier craint une guerre nucléaire. Des accords mettant fin au conflit sont finalement signés au bout d'une dizaine de jours.
1963	Assassinat du président des États-Unis, John F. Kennedy, à Dallas.
1965	Loi sur l'immigration (*Immigration Act*) aux États-Unis. L'objectif est de réduire l'immigration illégale en favorisant la réunion des familles. Che Guevara quitte Cuba. Il part au Congo, puis en Bolivie pour étendre la révolution socialiste.
1967	Exécution de Che Guevara en Colombie. L'armée bolivienne qui l'a capturé a reçu l'aide de la CIA.
1968	À Memphis, assassinat du pasteur Martin Luther King, prix Nobel de la paix en 1964.
1975	Cuba participe à la guerre pour l'indépendance de l'Angola. Des militaires cubains sont envoyés sur place.
Oct. 1976	Orlando Bosch et Luis Posada Carriles, des terroristes anticastristes[2] soutenus par la CIA, organisent un attentat à la bombe contre un avion cubain. L'attaque fait 73 victimes civiles innocentes.

2. On appelle anticastristes les personnes ou les groupes qui sont contre la politique de Fidel Castro. La politique de Fidel Castro s'appelle le castrisme.

1977	Cuba soutient le mouvement indépendantiste en Éthiopie.
Entre 1979 et 1989	Guerre en Afghanistan. L'URSS envahit le pays et l'occupe pendant toute la durée du conflit.
1980	Épisode du Mariel. Fidel Castro autorise cent vingt mille Cubains à quitter Cuba pour les États-Unis.
1984	Les États-Unis s'engagent à délivrer vingt mille visas par an aux Cubains qui veulent immigrer.
1989	Chute du mur de Berlin. Ce mur avait été construit en 1961 pour séparer l'Allemagne de l'Est (République démocratique allemande, RDA) et l'Allemagne de l'Ouest (République fédérale d'Allemagne, RFA). Les Allemands ne pouvaient pas circuler librement entre les deux pays.
1990	Début de la guerre du Golfe (jusqu'en 1991).
1991	Dissolution de l'Union des républiques socialistes soviétiques (URSS). Cuba perd son principal allié politique et économique. Début de la «Période spéciale». La population cubaine est rationnée.
1992	Loi Torricelli. Cette loi interdit tout commerce avec Cuba à l'exception des livraisons autorisées dans le cadre de l'aide humanitaire et alimentaire.

Juillet 1992	Réforme de la Constitution cubaine. De nouvelles garanties sont enchâssées dans la Constitution : élection des députés au suffrage universel, respect de la liberté religieuse, garantie des investissements étrangers, limitation de la propriété socialiste aux moyens de production «fondamentaux».
1993	Cuba est ajouté à la liste des États terroristes établie par les États-Unis.
1994	Accords migratoires entre les États-Unis et Cuba. Crise des *balseros*: trente mille Cubains tentent d'immigrer illégalement en Floride. Les États-Unis s'engagent une nouvelle fois à délivrer vingt mille visas par an aux Cubains qui veulent immigrer.
1996	Loi Helms-Burton. Cette loi permet aux immigrants cubains illégaux qui réussissent à fouler le sol états-unien (les «pieds secs») de devenir des immigrants légaux. Inversement, les immigrants illégaux qui sont trouvés en mer (les «pieds mouillés») sont renvoyés à Cuba.
Juillet et sept. 1997	Attentats à la bombe à La Havane. Posada Carriles, responsable de l'attentat de 1976 et réfugié au Salvador, avoue être l'organisateur de ces nouvelles attaques.

Janv. 1998	Visite du pape Jean-Paul II à Cuba.
Nov. 1998	Cinq Cubains sont arrêtés à Miami. Ils sont accusés d'espionnage et de menace terroriste. Le gouvernement cubain les avait envoyés aux États-Unis pour surveiller les groupes armés anticastristes de Miami. Ces groupes sont constitués d'exilés cubains qui veulent renverser le gouvernement de Castro. L'arrestation de ces cinq personnes provoque la colère du gouvernement cubain.
Nov. 1999	Début de l'affaire Elián González. Ce jeune Cubain, âgé de cinq ans, fait naufrage avec un groupe d'immigrants clandestins qui tentaient de rejoindre la Floride par la mer. La mère d'Elián meurt durant l'expédition. L'enfant est recueilli par des parents de sa mère qui vivent à Miami. Elián devient le symbole du conflit entre les États-Unis et Cuba. La famille de Miami refuse de le renvoyer auprès de son père à Cuba et engage un avocat. L'affaire provoque de graves tensions entre les États-Unis et Cuba. Castro accuse les États-Unis de kidnapping. D'importantes manifestations sont organisées dans les deux pays.

Juin 2000	Elián est autorisé à rejoindre son père à Cuba après une longue bataille juridique. Son père vient le chercher aux États-Unis.
Nov. 2001	L'ouragan Michelle frappe violemment Cuba. Pour venir en aide aux Cubains, les États-Unis exportent de la nourriture à Cuba pour la première fois depuis plus de 40 années.
Déc. 2001	Procès des cinq Cubains arrêtés en 1998. Trois d'entre eux sont condamnés à la prison à vie, les deux autres à 15 et 19 ans de prison. Ces lourdes peines sont très vivement critiquées à Cuba. On surnomme les cinq Cubains «les Cinq». Des groupes de défense des Cinq sont créés. Une immense affiche avec leur portrait est installée sur la place de la Révolution, à La Havane.
Avril 2002	Crise diplomatique. La Commission des droits de l'homme de l'ONU condamne Cuba. Cette condamnation est votée par l'Uruguay et beaucoup d'anciens alliés de Cuba comme le Mexique.
Mai 2002	Visite à Cuba de Jimmy Carter, premier ancien président des États-Unis à visiter Cuba depuis la révolution. Le discours de Carter est retransmis en direct à la télévision cubaine.

	Oswaldo Payá dépose au Parlement cubain onze mille signatures pour demander un référendum sur les libertés à Cuba.
Mars 2003	La répression s'accentue à Cuba. Soixante-quinze opposants et journalistes sont condamnés à de lourdes peines de prison.
Avril 2003	Exécution de trois jeunes Cubains qui avaient tenté de détourner un bateau pour se rendre en Floride.
Juin 2003	L'Union européenne sanctionne symboliquement Cuba pour protester contre la vague de répression.
Sept. 2003	En présence de nombreux intellectuels, réunion de soutien aux prisonniers politiques cubains à Paris.
Févr. 2004	Deux dirigeants de la dissidence[3], Elizardo Sanchez et Vladimiro Roca, rendent public un programme en 36 points pour amorcer une transition démocratique à Cuba.
Juin 2004	Les États-Unis renforcent leurs sanctions à l'encontre de Cuba : les exilés cubains qui vivent aux États-Unis ne pourront se rendre dans l'île

---

3. Le terme «dissident» désigne les opposants d'un régime politique. À Cuba, les dissidents sont les opposants de Castro.

	que tous les trois ans et les envois d'argent à Cuba sont limités. La Havane réagit en interdisant les transactions en dollars qui avaient été autorisées en 1993.
Déc. 2004	Libération pour raisons de santé de plusieurs journalistes et dissidents emprisonnés depuis mars 2003.
2005	L'Union européenne lève les sanctions diplomatiques contre Cuba. Par contre, elle maintient les contacts avec la dissidence.
Juillet 2006	Fidel Castro tombe gravement malade. Il cède temporairement le pouvoir à son frère Raúl, chef des armées et ministre de l'Intérieur.
Févr. 2008	Raúl Castro est officiellement élu à la présidence de Cuba. Il continue d'être conseillé par son frère.

Compréhension de texte

1. Lequel de ces surnoms est parfois donné à Fidel Castro ?

   A. *Lider Maximo.*

   B. *Comandore.*

   C. *El Duce.*

   D. *El General.*

2. Comment appelle-t-on les maisons cubaines typiques ?
   A. Des cases.
   B. Des bungalows.
   C. Des paillotes.
   D. Des *bohios*.

3. Les Cubains utilisent un carnet d'approvisionnement pour se procurer certains produits essentiels. Quel est le nom de ce carnet ?
   A. *Libreta*.
   B. *Ratio*.
   C. *Pancetta*.
   D. *Pequeña*.

4. Quel est le nom de l'une des religions pratiquées à Cuba qui combine des principes du catholicisme et des pratiques religieuses animistes venues d'Afrique?
   A. Le vaudou.
   B. La *santeria*.
   C. La religion orthodoxe.
   D. Le bouddhisme.

5. Sous quel arbre sacré immense se réfugie Lucas pour réfléchir?
   A. Le ceiba.
   B. Le cactus.
   C. Le séquoia.
   D. Le cèdre.

6. Lorsque Lucas salue ses amis, il emploie une expression en espagnol pour dire «comment ça va?». Laquelle?

A. ¿ Qué tal ?

B. ¿ Cómo te llamas ?

C. ¿ Qué hora es ?

D. ¿ Qué haces ?

7. À quel endroit a été envoyé Manuel, l'ami de Lucas?

A. Dans un centre de vacances.

B. Dans un centre sportif.

C. Dans une école spécialisée.

D. Dans un centre de travaux agricoles communautaires.

8. Qui sont Enrique et Leandro?

A. Des élèves plus âgés que Lucas.

B. Des voisins de la famille Rodriguez.

C. Des gardes du corps.

D. Des exilés cubains.

9. Lucas rencontre une amie lors de son voyage pour retrouver Manuel. Comment s'appelle-t-elle?

A. Mariela.

B. Manuela.

C. Josélita.

D. Louisa.

10. Pour quelle raison la mère de Lucas avait-elle quitté Cuba ?

A. Pour échapper à un ouragan.

B. Pour rejoindre son mari aux États-Unis.

C. Pour vivre dans de meilleures conditions.

D. Pour aller s'installer au Canada avec son fils.

11. Pourquoi Enrique et Leandro protègent-ils Lucas ?

A. Parce que Lucas est malade.

B. À cause de menaces d'enlèvement.

C. Parce qu'ils veulent espionner sa famille.

D. Parce qu'ils sont ses amis.

12. Parmi ces aliments, lequel fait partie de l'alimentation de base de la famille Rodriguez ?

A. Les fèves noires.

B. Les pâtes.

C. Les pommes de terre.

D. Les tomates.

L'histoire continue...

L'histoire que vous avez lue est inspirée de ce qu'a vécu Elián González, en 1999 et en 2000. Tout comme sa mère et lui, des Cubains quittent régulièrement Cuba pour tenter de rejoindre clandestinement la Floride. Ils utilisent des barques ou prennent des vols directs jusqu'à Miami où ils se procurent de faux passeports.

En tant qu'immigrants clandestins, leur situation en sol américain est assez précaire. Cependant, contrairement aux autres immigrants, les Haïtiens par exemple, les Cubains peuvent obtenir en quelques mois des papiers légaux, ce qui leur permet de trouver plus facilement un travail et de mieux s'intégrer.

Même si cela n'est pas écrit officiellement, la loi sur l'immigration américaine les traite comme des réfugiés politiques. D'ailleurs, de façon générale, les lois américaines sur l'immigration avantagent les Cubains. Il s'agit là d'une stratégie visant à affaiblir le gouvernement castriste en favorisant l'exode de la population cubaine. En ce sens, le gouvernement cubain accuse les États-Unis d'inciter les Cubains à quitter l'île coûte que coûte et à mettre leurs vies en danger.

Durant l'année 2006 seulement, environ 2864 Cubains ont été interceptés par les garde-côtes américains dans le détroit de la Floride.

Portrait

Elián González

Le véritable Elián González est né le 6 décembre 1993 à Cárdenas, au nord-ouest de Cuba. Ses parents, divorcés, partageaient sa garde.

En novembre 1999, la mère d'Elián, Elizabet Broton Rodríguez, dont la famille a en partie émigré à Miami au début des années 1980, et son compagnon, Lázaro Munero, projettent de quitter Cuba clandestinement pour se rendre à Miami et d'amener Elián avec eux. Lázaro Munero organise leur départ avec un groupe de 10 Cubains désirant également quitter l'île. Le groupe embarque le 21 novembre 1999 sur un petit bateau ouvert (cinq mètres de long, avec une plateforme en fibre de verre accrochée à deux chambres à air) pour entreprendre la traversée du détroit de Floride. Une tempête éclate et l'embarcation fait naufrage.

Elián est recueilli le 23 novembre par deux pêcheurs américains alors qu'il dérive à 95 kilomètres au nord de Miami. L'un d'eux se nomme Donato Dalrymple. Seuls deux autres passagers, Arianne Horta Alfonso et son compagnon Nivaldo Fernández Ferrán, ont survécu, réussissant à rejoindre à la nage Kay Biscayne, au sud de Miami Beach. Elián est ramené à terre et pris en charge par les autorités américaines.

Le Service de l'immigration et de la naturalisation (Immigration and Naturalization Service, INS) lui accorde la permission de rester sur le territoire états-unien. La famille maternelle d'Elián, résidant à Miami, obtient donc sa garde temporaire. À Cuba, le père de l'enfant, Juan Miguel González, soutenu par le gouvernement du pays, exige que son fils lui soit renvoyé. Après avoir accepté cette demande, la famille de Miami change d'idée et désire garder l'enfant aux États-Unis.

Des manifestations rassemblant plusieurs milliers de personnes sont organisées tous les samedis dans différentes villes cubaines pour réclamer le retour d'Elián sur l'île.

Le 5 janvier 2000, l'INS rend sa décision en faveur du retour d'Elián. L'administration Clinton, par la voix de la ministre de la Justice Janet Reno, déclare que l'enfant sera reconduit à Cuba autour du 14 janvier suivant. S'ensuivent deux jours de désobéissance civile à Miami où ont lieu une centaine d'arrestations. Pendant ce temps, à Cuba, cinquante mille personnes se réunissent à Cárdenas pour soutenir Juan Miguel González. La famille de Miami engage des avocats pour renverser la décision de l'INS, parmi ceux-ci se trouve Many Diaz, né à Cuba et élu maire de Miami en novembre 2001.

Le National Council of Churches (NCC) devient un intermédiaire entre le père d'Elián et les sénateurs démocrates partisans du retour de l'enfant. L'exécution du jugement de l'INS est retardée par une demande des républicains siégeant au Congrès, menés par Dan Burton (Indiana) qui cite Elián à comparaître devant une commission du Sénat fin janvier. Dan Burton est le coauteur de la loi Helms-Burton de 1996, aussi nommée LIBERTAD, qui renforçait l'embargo[4].

4. L'autre auteur de la LIBERTAD, le républicain Jesse Helms, dirige alors la Commission des affaires étrangères du Sénat.

À la fin du mois, une juge de l'État de Floride accorde la garde temporaire d'Elián à son grand-oncle de Miami, Lázaro González. Le cas de la garde d'Elián est alors porté en cour fédérale contre l'avis de l'administration Clinton. Les grands-mères d'Elián, habitant toutes deux Cuba, viennent rendre visite à leur petit-fils. Leur visite est organisée par le révérend Robert Edgar, membre du NCC.

Au début du mois de février 2000, les avocats de la famille de Miami lancent une pétition pour demander l'asile politique pour Elián. Le groupe républicain local propose d'accorder à Elián la citoyenneté américaine. Juan Miguel González hésite à se rendre aux États-Unis pour chercher son fils. Sur le conseil d'un sénateur démocrate et avec l'aide d'un révérend, il engage Gregory Craig comme avocat. Ce dernier avait été l'avocat de Bill Clinton lors de son procès d'*impeachment*[5].

Gregory Craig se rend à La Havane pour rencontrer Juan Miguel González au début du mois de mars 2000.

Fin mars, le candidat démocrate pour l'élection présidentielle et vice-président Al Gore, qui soutenait jusque-là l'administration Clinton, prend

---

5. Ce procès a eu lieu en 1998. L'*impeachment* désigne une procédure de mise en accusation au pénal des autorités politiques. Bill Clinton était accusé de parjure, car il avait menti à la cour alors qu'il témoignait sous serment. En effet, il avait nié avoir eu une liaison avec Monica Lewinsky, une stagiaire de la Maison-Blanche. Cette liaison avait pourtant été prouvée. Bill Clinton a été acquitté et est resté président des États-Unis. Ce procès a fait scandale et a été très intensément médiatisé.

officiellement position en faveur du projet de loi qui donnerait à Elián la résidence permanente aux États-Unis. Ce projet ne récolte pas assez de votes pour être adopté.

En avril 2000, il est prévu qu'une cour fédérale d'appel ordonnera à la fin du mois le retour d'Elián chez son père, si ce n'est fait volontairement avant. Les agents fédéraux tentent de négocier avec la famille de Miami, mais en vain. Juan Miguel González et son avocat demandent un visa pour joindre le territoire états-unien. Ils s'y rendent à la mi-avril.

L'INS a prévu de redonner le droit de garde au père et de superviser la «remise» de l'enfant. Les avocats des deux parties sont en désaccord sur la façon de procéder. La famille de Miami promet à Janet Reno, ministre de la Justice, de ne pas entraver le travail des agents fédéraux. Toutefois, elle ne fait rien pour disperser la foule de ses supporters qui campent autour de la résidence de Lázaro González.

Dans la semaine du 17 au 24 avril, une cassette vidéo filmée par la famille est diffusée sur une chaîne hispanophone, puis par la chaîne ABC. Elián y déclare ne pas vouloir retourner à Cuba.

Le délai accordé pour que la famille de Miami remette Elián aux autorités prend fin. Parallèlement, une cour d'appel autorise une injonction temporaire contre l'enlèvement d'Elián par les agents fédéraux. La Maison-Blanche fait de plus en plus pression sur Janet Reno afin qu'elle règle la situation et applique les lois. Les agents fédéraux donnent néanmoins l'assaut dans la nuit du 22 avril et récupèrent l'enfant, cinq mois après son arrivée à Miami.

Durant le mois de mai, Elián et son père résident dans une maison qui leur est prêtée par le département d'État.

Elián et Juan Miguel González retournent à Cuba le 28 juin 2000, après le refus de la Cour suprême d'entendre l'appel de la famille de Miami[6]. Ce même jour, pour la première fois depuis 40 ans, la Chambre des représentants allège l'embargo contre Cuba en ce qui concerne la nourriture et les médicaments. Cette décision fait suite à une étude du ministère de la Défense états-unien qui conclut que Cuba constitue «une menace négligeable pour la sécurité nationale des États-Unis».

Fidel Castro

Issu d'une famille d'origine espagnole exploitant la canne à sucre, Fidel Castro est né le 13 août 1926 près de Birán, dans la province d'Oriente.

En 1942, il entre au collège Belén, à La Havane, une école dirigée par les jésuites. L'année suivante, il intègre la faculté de droit de l'université de La Havane. Élève engagé, il devient président de la Fédération universitaire des

---

6. Elián habite toujours à Cárdenas avec son père. En mai 2004, leur maison était encore gardée par des policiers cubains armés, officiellement par peur d'une tentative d'enlèvement de la part des extrémistes anticastristes exilés (les extrémistes ou exilés anticastristes sont surnommés les « gusanos », c'est-à-dire les vers).

étudiants et sa longue carrière de révolutionnaire s'amorce dès cette époque.

En 1947, il participe à une expédition en république Dominicaine dont le but est de renverser la dictature de Trujillo. Cette entreprise s'avère un échec.

À la fin de ses études, vers 1950, Fidel Castro devient avocat et se consacre à la défense des droits des plus démunis des Cubains. Fidel est membre en règle du Parti du peuple cubain (aussi appelé Parti orthodoxe) et est candidat au Parlement lors des élections de 1952. Cependant, le scrutin est annulé à la suite du coup d'État de Batista.

Pendant les années qui suivent, Castro tente de lutter légalement contre la dictature et multiplie les recours en justice. Toutefois, les tribunaux lui sont hostiles et ses efforts ne mènent à rien. Il décide donc d'organiser un groupe d'action directe dont l'objectif est de rétablir la démocratie. Ainsi, le 26 juillet 1953, environ cent cinquante jeunes gens prennent d'assaut la caserne Moncada, à Santiago de Cuba. Cette expédition est un échec sanglant. Fidel Castro et son frère Raúl échappent au massacre, mais sont arrêtés et condamnés à 15 ans d'emprisonnement dans l'île des Pins. En mai 1955, Fidel et ce qui reste de ses hommes sont amnistiés. En juillet, Castro part pour México, suivi par un certain nombre de ses partisans. Il y fonde le Mouvement du 26 Juillet.

Peu après, Fidel rencontre Ernesto « Che » Guevara. Ensemble, ils organisent une nouvelle tentative de coup d'État. En décembre 1956, Fidel et Che débarquent du *Granma* avec environ 80 hommes sur les côtes de l'Oriente. Seuls 12 hommes en réchappent, dont Castro et Guevara. Ils s'installent avec quelques rebelles survivants dans la sierra Maestra.

En avril 1958, ces *barbudos* déclarent «la guerre totale» au régime de Batista. Le mouvement de résistance se répand. Comme les guerilleros gagnent en nombre et en popularité, le 1er janvier 1959, Batista est contraint de prendre la fuite. Le lendemain, les barbudos défilent dans la capitale, La Havane, où Castro arrive le 8 janvier. Le 16 février 1959, Fidel Castro devient premier ministre de Cuba et son frère Raúl est nommé commandant en chef des forces armées. Interdit sous Batista, le Parti communiste est à nouveau autorisé. La réforme agraire est décrétée en 1959. Beaucoup d'Américains sont alors contraints de renoncer à leurs propriétés cubaines et de délaisser leurs intérêts économiques à Cuba.

En février 1960, l'URSS passe un premier accord sur le sucre avec le gouvernement castriste. Suivra un accord sur le pétrole. Les États-Unis, toujours outrés par les mesures d'expropriation dont ils ont été l'objet, craignent ce rapprochement entre l'URSS et Cuba. En 1961, ils décident de rompre leurs relations diplomatiques avec Cuba.

En avril de la même année, des exilés cubains anticastristes entraînés par des Américains tentent de débarquer à Playa Girón, la baie des Cochons.

Castro réplique en déclarant officiellement Cuba « république socialiste ».

En octobre 1962 éclate la crise dite « des missiles ». Les États-Unis ont découvert que Khrouchtchev, le premier secrétaire du Parti communiste en URSS, a secrètement fait installer des missiles balistiques de moyenne portée à Cuba. En cas de conflit, ces missiles devaient permettre aux Soviétiques d'atteindre aisément des cibles américaines. Pendant 13 jours, les hommes du gouvernement Kennedy et ceux de Khrouchtchev négocient pour éviter un conflit nucléaire et régler pacifiquement une des pires crises de la Guerre froide. Près de vingt ans plus tard, durant une conférence à La Havane, Fidel Castro avouera à Robert McNamara, ancien secrétaire à la Défense américaine, qu'il savait que des missiles soviétiques avaient été placés en territoire cubain.

Le régime castriste s'assouplit à partir de 1978. Des prisonniers politiques sont libérés. De plus, vers 1980, le gouvernement autorise le départ de nombreux Cubains qui désirent quitter le pays. Ceux-ci, pour la plupart, rejoignent les États-Unis par bateau, à partir du port de Mariel. Si, pour certains, Castro fait preuve de magnanimité en permettant cet « exode du Mariel », d'autres affirment que le leader a tout simplement trouvé un moyen de se débarrasser d'opposants à son régime. Reste que les États-Unis, la Floride surtout, accueuillent plus de 120 000 Cubains dans les mois qui suivent.

Pendant ce temps, sur la scène internationale, Castro soutient et vient en aide aux mouvements de révoltes communistes d'Amérique latine et d'Afrique. En ce sens, il envoie des soldats pour soutenir des rebelles en Angola (vers 1975) et en Éthiopie (vers 1977). En 1980, il charge des milliers de militaires castristes de conseiller et soutenir le gouvernement révolutionnaire sandiniste du Nicaragua.

À partir de 1986, Fidel Castro essaie de se démarquer du modèle soviétique qui s'affaiblit. Lors du IIIe congrès du Parti communiste cubain, il renvoie de nombreux instigateurs très respectés de la révolution cubaine. Ce renvoi laisse croire que le leader prépare de grands changements.

En juillet 1992, Castro assiste au sommet ibéro-américain de Madrid, en Espagne. C'est son premier voyage officiel en Europe de l'Ouest. À la fin du sommet, Cuba est critiqué et plus ou moins accusé de ne pas respecter les droits de l'homme. Castro a pourtant modifié la Constitution cubaine au début du mois de juillet. Désormais, les députés doivent être élus au suffrage universel et la liberté religieuse doit être respectée. Certains réclament néanmoins un renforcement de la liberté d'expression cubaine afin que les opposants au régime puissent prendre position publiquement.

Au fil des ans, la disparition de l'URSS et du bloc communiste entraîne une crise économique très grave à Cuba. Castro est tout de même réélu président en 1993. Durant ce nouveau mandat, il fait quelques concessions au capitalisme. Ainsi, en juillet 1993, il autorise la possession de devises

étrangères et le travail « à son propre compte »
pour certains métiers.

Cette ouverture économique s'accompagne
d'initiatives diplomatiques, notamment avec le
Vatican (visite de Jean-Paul II en janvier 1998),
afin de briser l'isolement de l'île. En 2006, grave-
ment malade, Castro cède le pouvoir à son frère
Raúl. Ce dernier est officiellement élu président
en février 2008. Fidel continue fréquemment de
prononcer des discours et de commenter la politique nationale et internationale dans le journal
officiel cubain.

Encore aujourd'hui, Fidel Castro est un révolutionnaire convaincu et l'un des des rares leaders
à se réclamer encore du socialisme.

(Source : texte adapté de l'ENCYCLOPÉDIA UNIVERSALIS.
Fidel Castro, [en ligne]. [http://www.universalis.fr/encyclo-
pedie/T229617/CASTRO_F.htm] (3 octobre 2008)

Témoignages

L'opinion publique et la garde d'Elián González aux États-Unis

Beaucoup de personnalités publiques ont pris position durant le débat sur la garde d'Elián. Voici des témoignages qui illustrent des positions contraires qui ont été exprimées dans les journaux de l'époque.

Gabriel García Márquez, Prix Nobel de littérature en 1982, s'est exprimé en faveur du retour de l'enfant à Cuba dans le *New York Times* du 29 mars 2000 :

> *Elián n'est pas juste privé de son père, il est privé de sa maison.*
>
> *Personne à Miami ne semble se préoccuper du mal que cause le choc culturel à la santé mentale d'Elián. Pour la fête de ses six ans, célébrée le 6 décembre dans sa captivité de Miami, ses hôtes l'ont pris en photo avec un déguisement de combat, entouré d'armes et enroulé dans le drapeau des États-Unis. Cela s'est passé quelques minutes avant qu'un garçon de son âge tire sur ses camarades de classe au Michigan.*
>
> *Autrement dit, le vrai naufrage d'Elián n'a pas eu lieu en haute mer, il a eu lieu quand il a posé le pied sur le sol américain.*

Liz Balsameda, journaliste d'origine cubaine, exilée aux États-Unis, souhaitait qu'Elián reste aux États-Unis dans le *Miami Herald* du 17 avril 2000 :

> *Renvoyer l'enfant auprès d'un parent qui se montre actif est une chose, le renvoyer complètement sous la garde de Castro en est une autre.*
>
> *Le cas n'est pas si simple, la solution n'est pas évidente.*
>
> *Pour moi, il est clair que ce que le ministère de la Justice appelle réunification familiale est en fait autre chose. C'est la déportation d'un réfugié de six ans. Ce qu'a vécu Elián a fait écho à quelque chose de très profond – pourquoi nous, qui sommes exilés, nous avons quitté Cuba. Elián a donné un visage et une voix à toutes nos souffrances et à ce que nous avons perdu. Il a personnifié nos plus profondes vérités.*
>
> *Tourner le dos à Elián González, c'est tourner le dos à nos grands-parents, à nos parents, à nos semblables exilés, à nous-mêmes.*

Testez vos connaissances

1. Quels symboles composent le drapeau cubain ?

    A. Un triangle rouge, une étoile blanche, trois lignes bleues et deux lignes blanches.

    B. Un aigle avec un serpent sur fond vert et jaune.

    C. Un carré bleu, une étoile blanche, un rectangle blanc et un rectangle rouge.

    D. Un perroquet rouge et vert sur fond jaune.

2. Quelle région de Cuba est louée par un autre pays ?

    A. Isla de la Juventud.

    B. Guantánamo.

    C. Cienfuegos.

    D. Varadero.

3. La statue d'un héros révolutionnaire cubain trône devant toutes les écoles cubaines. De quel héros s'agit-il ?

    A. Che Guevara.

    B. Fidel Castro.

    C. José Martí.

    D. Miguel González.

4. Quel événement a marqué l'année 1998 à Cuba ?

    A. L'ouragan Mitch.

    B. La Coupe du monde de soccer.

    C. La visite du pape Jean-Paul II.

    D. Le 50e anniversaire de la Déclaration universelle des droits de l'homme.

5. Lequel de ces sports est très pratiqué à Cuba?

    A. Le volley-ball.
    B. Le squash.
    C. Le baseball
    D. Le surf.

6. Qui est Javier Sotomayor Sanabria ?

    A. Un diplomate cubain.
    B. Un ancien président de Cuba.
    C. Un historien cubain.
    D. Un sportif cubain.

7. Quel album a remis au goût du jour la musique cubaine?

    A. *Buena Vista Social Club.*
    B. *Clandestino.*
    C. *Nada como el sol.*
    D. *Mecano.*

8. Qu'est-ce que le *cuba libre* (prononcer «couba libré»)?

    A. Un oiseau tropical.
    B. Une danse.
    C. Un cocktail.
    D. Un vent des Caraïbes.

9. Un personnage célèbre possédait une maison à Varadero. Lequel?

    A. Al Capone.
    B. John Fitzgerald Kennedy.
    C. Ernest Hemingway.
    D. Marilyn Monroe:

10. L'affaire Elián González a provoqué le lancement d'un programme spécial à Cuba. Comment s'appelle-t-il ?

A. La lutte finale internationale.
B. La défense de l'enfant.
C. Opération liberté.
D. La Bataille des idées.

11. Un écrivain américain célèbre a habité à Cuba et situé l'action de certains de ses romans sur l'île. De qui s'agit-il ?

A. John Steinbeck.
B. William Faulkner.
C. Tennessee Williams.
D. Ernest Hemingway.

12. Comment s'appelle le journal officiel de Cuba, journal du Parti communiste ?

A. *El País.*
B. *Granma.*
C. *Corriere della Sera.*
D. *La República.*

Matière à réflexion...

Elián est rapidement devenu le symbole des tensions entre les États-Unis et Cuba. Sa situation a tout de suite ému le public. Les anticastristes ont utilisé son drame pour «prouver» que les Cubains étaient maltraités par le gouvernement de Castro et prêts à mourir plutôt que de rester dans leur pays.

L'histoire d'Elián a été largement médiatisée. La famille de Miami l'exposait facilement aux caméras. Comme l'enfant était télégénique, son visage est devenu très populaire. Cette médiatisation a augmenté la colère du peuple cubain. À Cuba, cela confirmait que la société américaine était voyeuriste et ne s'occupait pas bien des enfants. Toutefois, Castro utilisait, lui aussi, l'histoire d'Elián, mais pour convaincre son peuple que les États-Unis abusaient de leurs citoyens.

La manipulation de l'enfant choquait aussi l'opinion publique aux États-Unis. Les sondages parus dans les journaux américains montrent que la population soutenait majoritairement le retour d'Elián auprès de son père à Cuba. Pour les gens, le bien-être de l'enfant était plus important que les questions politiques.

Reste que des membres du Parti républicain comme Georges W. Bush et plusieurs des exilés cubains de Miami souhaitaient qu'Elián demeure aux États-Unis pour qu'il grandisse dans le confort et dans un pays plus libre que Cuba. Mais Elián était encore un enfant et ne pouvait pas décider légalement de son avenir. Si les juges avaient accepté la requête des républicains, Elián aurait été obligé de rester aux États-Unis au moins jusqu'à sa majorité.

Selon vous, est-ce faire preuve d'humanisme que de prétendre voler au secours d'une personne qui n'a rien demandé?

Depuis que l'embargo américain sur le commerce avec Cuba est entré officiellement en vigueur en 1961, les pays membres de l'ONU votent régulièrement pour que cette sanction soit levée, sauf les États-Unis, qui ont un droit de veto. Ce droit de veto annule automatiquement les votes des autres pays. Le gouvernement américain refuse de reprendre le commerce avec Cuba parce qu'il ne veut pas aider le régime communiste au pouvoir.

À votre avis, interdire le commerce avec un pays est-il un moyen efficace de combattre un régime rival?

D'un côté, les États-Unis accusent Castro d'appauvrir son peuple. De l'autre, Castro accuse l'embargo américain de causer la misère du peuple cubain.

D'après vous, que peut-on faire pour améliorer les relations entre les États-Unis et Cuba?

Découvertes

Les comités de la révolution (CDR)

Les comités de défense de la révolution (CDR) ont été fondés en 1960 par Fidel Castro. Ils sont chargés de protéger les intérêts de la révolution et de promouvoir celle-ci dans tous les domaines.

Chaque quartier a son CDR. D'ailleurs, le slogan des CDR est *¡En cada barrio, Revolución!*: La révolution dans chaque quartier!

Les membres des comités sont des citoyens volontaires. Les présidents des comités sont nommés par le Parti communiste. Les CDR participent à des tâches collectives variées : protection de la population, entretien de la voirie, distribution de certaines marchandises, collecte des produits recyclables.

Un contrôle serré de la population

Les comités ont aussi pour mission de surveiller tous les ennemis potentiels de la révolution, c'est-à-dire les dissidents, les délinquants, les marginaux. Ils doivent de plus mobiliser la population pour les manifestations de masse, par exemple lors de rassemblements contre les États-Unis.

Les présidents des CDR sont chargés de noter tous les événements de la vie locale et de signaler tout ce qui paraît anormal. Ils font ensuite un rapport au ministère de l'Intérieur. Chaque citoyen est fiché à partir d'un questionnaire d'une quarantaine de points. Ces fiches contiennent tous les détails possibles sur chaque individu : sa manière de s'habiller, ses amis et sa famille, ses opinions politiques, ses propos, son comportement lors des manifestations organisées par le Parti ou le CDR. De plus, les citoyens sont invités à dénoncer tout ce qui leur semble contre-révolutionnaire.

Les présidents des comités ont donc un grand pouvoir. Certains en profitent pour régler leurs comptes personnels. Ce système de comités est très critiqué, car il facilite la violation des droits de l'homme.

1. Films de fiction

Pour tous les publics

Au cœur de l'orage :
l'histoire d'Elián González (2001),
de Christopher Leitch.

Basé sur l'histoire du naufrage d'Elián et son séjour aux États-Unis, ce téléfilm en est une version romancée. C'est l'une des rares fictions exclusivement consacrées à cet événement.

Cuba Feliz (1999), de Karim Dridi.

Gallo, un chanteur de rue, se promène dans Cuba. Au fil de ses déplacements, il rencontre des musiciens se réclamant de différents styles de musique cubaine. Une belle façon de découvrir les caractéristiques de cette musique.

Viva Cuba (2005),
de Juan Carlos Cremata Malberti.

Malu et Jorgito sont deux enfants qui vivent à Cuba. Ils se sont promis d'être éternellement amis, mais leurs familles se détestent, ce qui complique les choses. Un jour, la mère de Malu décide de déménager à l'étranger. Malu s'enfuit alors avec Jorgito pour échapper au départ. Les deux enfants vont vivre une succession d'aventures à travers le pays.

Adieu Cuba (2007), d'Andy García.

Le réalisateur et acteur Andy García est né à Cuba. Dans ce film, il raconte l'histoire d'un club de La Havane, El Trópico, en 1958. Le patron du club ne veut pas s'impliquer dans les bouleversements politiques qui agitent son pays. Son seul objectif est de protéger son club et la femme qu'il aime. Les circonstances vont cependant l'obliger à s'engager dans la révolution. Malgré des longueurs, le film montre de belles images de la vie cubaine à l'époque. La musique et l'ambiance sont réalistes.

Carnets de voyage (2004),
de Walter Salles.

Le récit du voyage qui a fait naître les convictions politiques d'Ernesto « Che » Guevara. À 23 ans, Ernesto Guevara part avec un ami pour découvrir toute l'Amérique du Sud. Les deux compères partent d'Argentine en moto. En quatre mois, ils vont traverser le Chili, le Pérou, la Colombie et le Venezuela. Ce voyage les amène à prendre conscience des inégalités sociales et éveille en eux un désir de justice qui ne les quittera plus. Un magnifique portrait et des images à couper le souffle. Le film est directement inspiré des carnets qu'avait rédigés le Che durant ce voyage. Le générique de la fin permet de voir des images d'époque. Primé plusieurs fois, ce film a notamment reçu le Prix de la Jeunesse au festival de San Sebastián, en Espagne.

Fraise et chocolat (1993),
de Tomás Gutiérrez Alea
et Juan Carlos Tabío.

L'amitié d'un artiste militant révolutionnaire et d'un homosexuel anticastriste. Les deux personnages se rencontrent par hasard à La Havane. Ils vont apprendre à s'apprécier malgré leurs préjugés et leurs différences. Leur amitié improbable va changer leurs visions du monde et de Cuba. Très humoristique, le film décrit finement les contradictions du régime castriste. Il a été récompensé dans plusieurs festivals internationaux.

Treize jours (2000),
de Roger Donaldson.

Ce film retrace les événements de la crise des missiles de 1962. On suit les hommes de confiance qui accompagnent le président Kennedy durant les négociations. Le but : éviter une guerre nucléaire mondiale. Les étapes de cette crise historique sont habilement découpées et détaillées. Un très intéressant suspense politique vécu de l'intérieur.

2. Les films documentaires

Pour tous les publics
Buena Vista Social Club (1999),
de Wim Wenders.

Prix du Meilleur film documentaire 1999. Ce documentaire raconte l'histoire de vieux musiciens cubains de légende. Chacun d'entre eux évoque ses souvenirs. Le réalisateur parcourt les rues de plusieurs villes cubaines, ce qui permet de voir des grandes villes et des plus petites. Les musiciens jouent sur diverses scènes, notamment au Grand Théâtre de La Havane.

Cuba (2007),
de Sylvain Dommergue.

Ce film offre une visite complète de l'île. Architecture, histoire, cigares sont au programme.

Escale à La Havane sur les pas d'Hemingway (2005), de Jacques Vichet.

Une visite des endroits favoris d'Hemingway dans la capitale cubaine. Le documentaire permet aussi d'entrer dans la maison de l'écrivain.

Lucumi, le rumbero de Cuba (1995),
de Tony Gatlif.

Lucumi a 10 ans et vit dans la rue à La Havane. Il est passionné par les percussions. Il veut participer à un concert de rue. Pour cela, il doit convaincre les organisateurs. Il va alors demander l'aide de Tata Güines, un musicien respecté.

Pour les 14 ans et plus
Cuba, l'art de l'attente (2008),
de Edouardo Lamora.

Edouardo Lamora a quitté Cuba en 1977. Il retourne à l'île après trente années d'absence.

Cuba, une odyssée africaine (2007),
de Jihan El Tahri.

L'histoire de l'engagement de Cuba en Afrique pendant la Guerre froide. Une remarquable analyse historique.

Les gens du sucre (2000),
de Bernard Mangiante.

Le quotidien d'une usine de traitement de la canne à sucre à Santa Lucía, au nord-est de Cuba. Le film montre bien les conditions de travail des ouvriers et l'importance de la canne à sucre dans l'économie cubaine.

L'île-tambour (1998),
de Jean-Marc Bramy.

Ce documentaire cherche à comprendre comment la musique d'un petit pays comme Cuba a réussi à s'implanter partout dans le monde.

La vérité sur la révolution
de Fidel Castro (1959),
d'Errol Flynn et Victor Pahlen.

Acteur célèbre, Errol Flynn admirait le projet révolutionnaire de Fidel Castro. Il a tourné ce documentaire peu avant de mourir. Sa version de l'histoire est très personnelle. Les images d'archives présentées sont des documents rares. À voir pour saisir l'esprit qui régnait en 1959 à Cuba.

3. Les romans jeunesse

Cuba, destination trésor (2000),
de Joel Franz Rosell,
Livre de Poche Jeunesse.

À partir de 14 ans. Colombe est une jeune Espagnole en vacances à Cuba. Afin de retrouver un trésor, elle demande l'aide d'un jeune Cubain. Elle va découvrir que la beauté du pays cache de lourds secrets.

Dix-huit contes de Cuba (2005),
de Françoise Rachmühl, Castor Poche.

Pour tous les âges. Des contes de tous les styles répartis en quatre thèmes : les mythes des origines, les légendes des dieux-orishas, les contes des rivières et des montagnes, les histoires d'animaux.

Le journal de Zoé Pilou à Cuba (2007),
de Christelle Guénot, Éditions Mango.

À partir de 14 ans. La mère de Zoé est née
à Cuba. Cela fait 10 ans qu'elle a quitté ce
pays. Un jour, elle repart là-bas toute seule
pour revoir le monde qu'elle avait connu. Au
bout d'un mois, Zoé et son père décident
d'aller eux aussi à Cuba pour la chercher.

Luna dans la plantation de café (2003),
de Zoé Valdès, Gallimard jeunesse.

À partir de 10 ans. Deux enfants et un
moineau se battent pour la liberté à Cuba.
Avec de drôles d'armes magiques, ils volent
au secours des malheureux.

Rien ne va plus à Cuba (1997),
de Philippe Granjon, Bibliothèque verte.

À partir de 12 ans. Ludo et Prune enquêtent
sur de mystérieuses vaccinations qui ont eu
lieu à Cuba. Leurs recherches les entraînent
dans les secrets du milieu médical.

4. Les monographies jeunesse

Dayana, enfant de Cuba (2000),
de Barbara Castello, collection PEMF.

À partir de 10 ans. Description de la vie de
Dayana, une enfant cubaine. Ce livre fait
partie de la collection Enfants du Monde qui
présente la vie quotidienne des enfants de
tous les pays.

Enfants des Caraïbes (1999),
de l'équipage Fleur de Lampaul,
Gallimard jeunesse.

À partir de 12 ans. Le récit de 10 jeunes qui font le tour du monde à bord d'un voilier. Ce volume est consacré aux îles des Caraïbes.

5. Sur la Toile

Un reportage sur Elián réalisé à son retour à Cuba. La page contient également la vidéo de la nuit où Elián a été récupéré par les agents fédéraux.

http://archives.cnn.com/2000/WORLD/americas/07/06/cuba.gonzalez.award/index.html

Des images de musées cubains, en particulier du Musée de la Bataille des Idées, créé en mémoire de l'histoire d'Elián.

http://www.cuba-museums.com/fr/matanzas.asp

Site du ministère du Tourisme cubain. Les pages *Cuba pratique* proposent des explications détaillées sur différents aspects de la vie à Cuba : histoire du pays, fonctionnement de la société, géographie…

http://www.cubatourisme.fr/Pages/Cuba Pratique/Cuba Pratique index.html

Un site engagé qui défend les valeurs de la révolution cubaine et le castrisme : Cuba Solidarity Project.

http://vdedaj.club.fr/cuba/index.html

Le site du journal officiel cubain, *Granma,* en version française.

http://www.granma.cu/frances/index.html

Une galerie de photos de Cuba datant de toutes les époques.

http://www.antanlontan-antilles.com/cuba2.htm

6. Les DVD

Cuba, salsa des sens (2003), de Pierre Brouwers, DVD Guides.

Découverte de la gastronomie, de la musique et de la danse à Cuba.

Compréhension de texte

1. A.	**4.** B.	**7.** D.	**10.** C.
2. D.	**5.** A.	**8.** C.	**11.** B.
3. A.	**6.** A.	**9.** C.	**12.** A.

Testez vos connaissances

1. Réponse : A. Le drapeau cubain a été dessiné en 1849. L'étoile blanche est surnommée *La estrella solitaria* (l'étoile solitaire) et évoque la liberté. Le triangle symbolise l'égalité et le sang versé pour acquérir l'indépendance. Les bandes bleues représentent les régions de l'époque et les bandes blanches, la paix.

2. Réponse : B. Cuba loue cette partie de l'île aux États-Unis depuis 1960. Les États-Unis utilisent Guantánamo comme base militaire et y possèdent une prison qui a servi pendant la guerre du Golfe et après les attentats du 11 septembre 2001.

3. Réponse : C. José Martí (1853-1895) est le héros de référence le plus souvent cité à Cuba, car il a lutté pour l'indépendance de l'île. C'était à la fois un homme politique et un poète. Tué lors d'une bataille contre les Espagnols, un immense mémorial lui est dédié sur la place de la Révolution, à La Havane.

4. Réponse : C. Fidel Castro a accueilli triomphalement Jean-Paul II à La Havane. La venue du pape a favorisé la libération de trois cents prisonniers politiques.

5. Réponse : C. Le baseball est considéré comme le sport national de Cuba. L'équipe nationale a été de nombreuses fois championne du monde et a gagné plusieurs médailles olympiques.

6. Réponse : D. Javier Sotomayor Sanabria (souvent appelé seulement « Javier Sotomayor ») est un sauteur en hauteur cubain. Médaillé olympique, plusieurs fois médaillé aux championnats du monde, il est l'actuel détenteur du record du monde (2, 45 m).

7. Réponse : A. Cet album, enregistré en 1996, rassemble plusieurs grands musiciens cubains (Ibrahim Ferrer, Compay Segundo…) qui interprètent des classiques de la musique cubaine. Ce projet a inspiré un très beau documentaire à Wim Wenders.

8. Réponse : C. Le *cuba libre* est un cocktail. Ce mélange a été inventé à la fin de la guerre d'indépendance de Cuba, vers 1898. Son nom signifie « Cuba libre ». Il est devenu célèbre pendant la prohibition aux États-Unis, dans les années 1920. La mafia américaine s'approvisionnait alors en rhum à Cuba.

9. Réponse : A. Avant l'arrivée de Fidel Castro au pouvoir, sous le régime de Batista, les membres de la mafia américaine séjournaient très souvent à Cuba et y possédaient des propriétés et des commerces. Al Capone est l'un des mafiosi les plus connus. La maison d'Al Capone à Varadero est aujourd'hui un restaurant réputé.

10. Réponse : D. Ce programme incluait des manifestations publiques régulières pour réclamer le retour d'Elián au pays. Depuis 2001, un musée porte ce nom à Cárdenas, la ville où habitent Elián et sa famille.

11. Réponse : D. Ernest Hemingway (1899-1961) a reçu le prix Nobel de littérature en 1954 pour l'ensemble de son œuvre dont *Le vieil homme et la mer*. Le héros du livre lui a été inspiré par le capitaine Gregoria Fuentes avec lequel il allait souvent pêcher à Cuba. Hemingway a vécu 22 ans près de La Havane. Sa maison, la «Finca Vigia», est devenue un musée dédié à sa vie et son œuvre.

12. Réponse : B. *Granma* est le nom que portait le bateau que Fidel Castro et Che Guevara avaient acheté au Mexique pour débarquer à Cuba. C'est à son bord qu'ils arrivèrent sur l'île en 1956 pour renverser la dictature de Batista.

Bibliographie

Les informations contenues dans ce supplément sont tirées des documents suivants :

Ouvrages de référence

Castro (1986), de Tad Sculz, Éditions du Roseau.

Castro, l'infidèle (2003), de Serge Raffy, Éditions Fayard.

Coucher de soleil sur La Havane. La Cuba de Castro 1959-2007 (2007), de Pierre Rigoulot, Flammarion.

Cuba. A New History (2005), de Richard Gott, Yale University Press.

Cuba Confidential. Love and Vengeance in Miami and Havana (2002), de Ann Louise Bardach, Éditions Vintage.

Cuba est une île (2004), de Danielle Bleitrach et Viktor Dedaj, Éditions Le temps des cerises.

Le défi cubain (1998), de Jean Solbès, Éditions GRAPHEIN.

États-Unis, Cuba : les interventions d'un empire, l'autodétermination d'un peuple (2007), de Dulce Maria Cruz Herrera, Presses universitaires du Québec.

Havana – USA. Cuban Exiles and Cuban Americans in South Florida 1959-1994 (1996), de María Cristina García, University of California Press.

Romans

Le néant quotidien (1996), de Zoé Valdès, Éditions Babel.

Saveurs de Cuba (2004), de René Vázquez Díaz, Calmann-Lévy.

Thèses

La trajectoire argumentative des représentations médiatiques dans les textes d'opinion en presse écrite : le cas Elián González dans le Miami Herald*, le* Washington Post *et le* New York Times (2007), de Nadège Broustau, thèse de doctorat, Université Laval.

Articles

«Review Essay : The Museum of the Battle of Ideas, Cárdenas, Cuba» (2007), de Michelle Tisdel Flikke. Publié sur un site spécialisé sur les musées.
http://museumanthropology.net/2007/04/16/mar2007-1-15/

«Cuban Immigration to the United States».
Site consacré aux problèmes de l'immigration vers les États-Unis.
http://www.usimmigrationsupport.org/cubaimmigration.html

TABLE DES CHAPITRES

Diane Bergeron

Auteure de nombreux romans jeunesse à succès dont la célèbre série Biocrimes (Éditions Pierre Tisseyre), Diane Bergeron écrit pour donner le goût de la lecture. Pour ce faire, elle offre à ses lecteurs des héros qui, comme Lucas, les invitent à apprendre, à découvrir et à mieux comprendre la vie d'aujourd'hui. Avec *Le naufrage d'un héros,* Diane Bergeron espère sensibiliser les jeunes aux réalités de la vie quotidienne à Cuba, ainsi qu'aux aspirations très diversifiées des Cubains.

Collection Ethnos

REJETE
DISCARD

Ce livre a été imprimé
sur du papier enviro 100 % recyclé.

Empreinte écologique réduite de :
Arbres : 5
Déchets solides : 152 kg
Eau : 14 369 L
Matières en suspension dans l'eau : 1 kg
Émissions atmosphériques : 334 kg
Gaz naturel : 22 m^3

Ensemble, tournons la page sur le gaspillage.